Learn Esperanto with Myths from Egypt

Esperanto A2 Reader

Brian Smith

La Naskiĝo de Horuso

La Perfido de Seto

Iam en antikva Egiptujo, regis saĝa kaj bona reĝo nomata Osiriso. Li estis amata de ĉiuj pro sia justeco kaj bonkoreco. Sed ne ĉiuj estis kontentaj pri lia regado. Seto, la frato de Osiriso, pleniĝis de ĵaluzo kaj envio. Li ne povis toleri la popularecon kaj potencon de Osiriso kaj decidis agi kontraŭ li per malnobla plano.

"Mi devas fariĝi la reganto de Egiptujo," pensis Seto. "Sed unue, mi devas forigi Osirison."

Do, Seto invitis Osirison al granda festeno, kie li pretigis ruzan kaptilon. Dum la festo, li proponis ludon, en kiu la partoprenantoj provis eniri en specialan keston, kiu ŝajnis esti magia. Kiam Osiriso eniris, Seto rapide fermis la keston kaj sigelis ĝin per plombo.

"Adiaŭ, kara frato," diris Seto mokante, dum li ĵetis la keston en la Nilon.

Iziso, la edzino de Osiriso, sentis profundan malĝojon kaj malesperon pro la malapero de sia edzo. Ŝi decidis serĉi lin tra la tuta lando, ne haltante antaŭ ia ajn malfacilaĵo.

"Mi devas trovi Osirison," ŝi diris al si, plena de decido. "Li estas mia amo, mia vivo."

Dum sia serĉado, Iziso ricevis helpon de Neftiso, la fratino de Seto, kiu bedaŭris la farojn de sia frato. Kune, ili trovis la keston kun la korpo de Osiriso.

Iziso, uzante siajn potencojn kaj magion, revivigis Osirison sufiĉe longe por ke li povu paroli kun ŝi. Osiriso diris al sia amata edzino, "Mia tempo sur la tero finiĝis, sed mi regos en la submondo, gvidante la animojn de la mortintoj."

Tiel, Osiriso fariĝis la reĝo de la submondo, kaj Iziso revenis en Egiptujon kun koro plena de espero kaj decido.

Dum tiu tempo, en sekreta loko en la delto de la Nilo, Iziso naskis filon, Horuson. Ŝi sciis, ke Horuso estis la sola espero por venĝi Seton kaj restarigi justecon en Egiptujo.

"Vi estos forta kaj saĝa, mia filo," instruis Iziso al Horuso. "Vi lernos la sekretojn de la dioj kaj de la naturo, kaj iun tagon, vi batalos kontraŭ Seto por venĝi vian patron."

Horuso kreskis sub la protekto de la marĉaj bestoj kaj lernis multe pri justeco, forto, kaj la arto de milito. Li sonĝis pri la tago, kiam li povos alfronti Seton kaj reakiri la tronon por sia familio.

"Mi estas preta," diris Horuso al sia patrino. "Mi batalos por justeco kaj por la honoro de mia patro. Mi ne timas Seton."

Kaj tiel komenciĝis la legendo de Horuso, la dio de la ĉielo, kiu batalis por justeco kaj ordo en la antikva mondo de Egiptujo.

1. antikva - ancient
2. bonkoreco - kindness
3. decido - decision
4. envio - envy
5. espero - hope
6. festeno - feast
7. ĵaluzo - jealousy
8. kaptilo - trap
9. malespero - despair
10. malĝojo - sadness
11. malfacilaĵo - difficulty
12. marĉaj bestoj - marsh animals
13. plombo - lead (the metal)
14. revivigi - to revive
15. submondo - underworld

La Naskiĝo kaj Juneco de Horuso

En antikvaj tempoj, la dioj kaj homoj vivis pli proksime unu al la alia. Inter ili, Iziso, la diino de magio kaj patrineco, trovis rifuĝon en la marĉoj de la Nildelto. Tie, ŝi sekrete naskis sian filon, Horuson, for de la malicaj okuloj de Seto, kiu estis plena de malico kontraŭ sia frato Osiriso kaj lia familio.

Dank' al la zorgemo de sia patrino, Horuso kreskis en kaŝejo, lernante ne nur la sekretojn de la dioj, sed ankaŭ pri la naturo ĉirkaŭ li. La bestoj de la marĉo iĝis liaj amikoj kaj protektantoj, instruante lin pri la vivo en la sovaĝejo.

"Vi devas esti forta kaj saĝa," Iziso ofte diris al Horuso. "Justeco kaj forto estu viaj gvidiloj."

Horuso, kun brilantaj okuloj, aŭskultis ĉiun vorton de sia patrino kaj revis pri la tago, kiam li povus venĝi la morton de sia patro kaj reakiri la tronon, kiu rajte apartenis al li.

Iun tagon, dum Horuso esploris la marĉon, li renkontis Toton, la dion de saĝeco kaj skribo. Toto, kun kapo de ibiso, rigardis lin amike kaj diris, "Horuso, vi estas destinita al grandeco. Mi ofertas mian subtenon kaj gvidadon al vi."

Horuso, imponita sed ankaŭ iomete timigita, respondis, "Mi dankas vin, granda Toto. Mi lernos ĉion, kion vi povas instrui al mi."

Kaj tiel, sub la okuloj de la dioj, Horuso fariĝis junulo plena de forto kaj saĝo. Li lernis la arton de milito kaj strategio, preparante sin por la estonta batalo kontraŭ Seto.

"La dioj kredas en vi, Horuso," diris Iziso al sia filo. "Vi portas en vi la esperon por nia estonteco."

Kun ĉiu tago, Horuso iĝis pli forta, pli decidita. Li sciis, ke la tempo venos, kiam li devos alfronti Seton kaj batali por justeco kaj por la regado de Egiptujo.

"Mi estas preta," diris Horuso, starante alta kaj fiera. "Por mia patro, por justeco, mi ne timas fronti Seton."

Kaj tiel, la rakonto de Horuso, la dio de la ĉielo kaj venĝo, daŭris. Lia kuraĝo kaj determino inspiris ĉiujn, kiuj konis lin, kaj preparis la scenon por la fina batalo, kiu decidus la estontecon de la dioj kaj homoj de Egiptujo.

1. amikoj - friends
2. batalo - battle

3. brilantaj - shining
4. decidita - determined
5. dioj - gods
6. esploris - explored
7. for - away, far
8. gvidiloj - guides
9. imponita - impressed
10. junulo - young person
11. kuraĝo - courage
12. marĉoj - marshes
13. naskiĝo - birth
14. patrineco - motherhood
15. rifuĝon - refuge

La Instruado de Horuso

Kiam Horuso kreskis, li komprenis, ke li devas lerni pli ol nur la sekretojn de la marĉoj kaj la instruojn de sia patrino Iziso. Li sentis fortan deziron renkonti aliajn diojn kaj malkovri la vastan mondon de Egiptujo. Do, li forlasis la sekurecon de la marĉoj por eniri la mondon de homoj kaj dioj.

Dum siaj vojaĝoj, Horuso renkontis Anubison, la dion de mumifikado kaj la postvivo. Anubiso, kun sia karakteriza kapo de ŝakalo, estis impona vido. "Saluton, Horuso," diris Anubiso per profunda voĉo. "Mi aŭdis pri viaj klopodoj kaj venis por instrui al vi la arton de protekto kaj sanigo."

Horuso, dankema kaj entuziasma, diligente lernis de Anubiso. "Mi dankas vin, Anubiso. Via scio estos valora por mia vojaĝo."

La sekva grava renkonto estis kun Hathoro, la diino de amo kaj beleco. Ŝia ĉeesto estis kiel varma sunlumo, kaj ŝi ofertis al Horuso siajn benojn kaj saĝon. "Horuso, via koro estas pura, kaj via celo nobla," diris Hathoro. "Mia beno akompanos vin."

Horuso ankaŭ lernis mastrumi siajn diajn potencojn, spertante defiojn kaj alfrontante kontraŭulojn, kiuj testis lian forton kaj kuraĝon. Ĉiu defio, ĉiu leciono kontribuis al lia preparado por la fina batalo kontraŭ Seto.

Tra siaj aventuroj, Horuso komprenis la gravecon de ekvilibro kaj harmonio, ne nur en la mondo de la dioj, sed ankaŭ inter la homoj de Egiptujo. Li vidis, kiel justeco kaj paco estas esencaj por la bonfarto de ĉiuj estaĵoj.

Fine, sentante sin preta por la konfronto kun Seto, Horuso revenis al sia patrino Iziso. "Mi estas preta, patrino," li diris kun decido en sia voĉo. "Mi lernis multe, kaj nun mi sentas min preta reakiri la tronon, kiu juste apartenas al nia familio."

Iziso, vidante la forton kaj saĝon, kiujn Horuso akiris dum siaj vojaĝoj, sciis, ke ŝia filo vere estis preta. "Mi estas fiera pri vi, mia filo," ŝi diris. "La vojo ne estos facila, sed mi kredas, ke vi estas la espero por nia estonteco."

Kun la benoj de la dioj kaj la amo de sia patrino, Horuso rigardis al la estonteco kun nova espero kaj determino, preta alfronti la defiojn, kiuj atendis lin, kaj finfine konfronti Seton por reakiri la tronon kaj restarigi ordon kaj justecon en Egiptujo.

1. aventuroj - adventures
2. benoj - blessings
3. celo - goal, purpose
4. decido - decision
5. defioj - challenges
6. diligente - diligently
7. entuziasma - enthusiastic
8. ekvilibro - balance
9. forto - strength
10. harmonio - harmony
11. justeco - justice
12. kuraĝon - courage
13. mumifikado - mummification
14. postvivo - afterlife
15. protekto - protection

La Batalo por la Trono

La tempo alvenis por Horuso, la juna dio, kiu kreskis kun la saĝo kaj forto de la dioj, por alfronti sian onklon Seton en la decida batalo por la trono de Egiptujo. Kun la beno de sia patrino Iziso kaj la subteno de la dioj, Horuso kunvokis siajn aliancanojn kaj preparis sian armeon por la konfrontiĝo.

Dume, Seto, aŭdinte pri la reveno de Horuso kaj liaj intencoj, ankaŭ kunvokis siajn fortojn, decidinte defendi sian regadon je ĉiu kosto. La dioj de la egipta panteono estis divititaj: kelkaj elektis subteni Horuson pro lia justeco kaj nobla koro, dum aliaj sekvis Seton, allogitaj de lia potenco kaj promesoj.

La bataloj komenciĝis, unue en la magia sfero, kie la potencoj de ambaŭ kontraŭuloj estis mezuritaj tra sorĉoj kaj incantaĵoj. Poste, la konflikto etendiĝis al la tero, kie iliaj armeoj engaĝiĝis en senkompataj bataloj. Horuso kaj Seto mem alfrontis unu la alian en dueloj, kiuj estis tiel epopeaj, ke eĉ la ĉielo kaj la tero ŝajnis halti por observi.

Dum unu el tiuj konfrontiĝoj, Horuso estis grave vundita, lia korpo kaj spirito testitaj ĝis la limo. Tamen, lia decido ne ŝanceliĝis; li restis neflexebla, sia volo batali kontraŭ maljusteco neŝanceliĝema.

"Vi ne povas venki min," diris Horuso al Seto, kvankam lia voĉo estis malforta pro la vundoj. "Justeco kaj vero estas sur mia flanko."

En tiu kritika momento, Toto, la dio de saĝeco kaj magio, alvenis por helpi Horuson, uzante siajn kapablojn por sanigi liajn vundojn kaj reenfortigi lin por la batalo. Revigligita kaj plena de nova forto, Horuso revenis al la batalo kun renovigita energio.

La fina batalo estis intensa kaj memorinda. Horuso, nun plene resanigita kaj pli decidita ol iam ajn, alfrontis Seton kun ĉiuj siaj fortoj. Finfine, per kombinaĵo de saĝo, forto, kaj la subteno de la justaj dioj, Horuso venkis Seton. Tamen, montrante sian noblan karakteron, li elektis ne mortigi sian onklon sed anstataŭe ekzili lin, montrante ke vera forto kuŝas ne nur en potenco sed ankaŭ en kompato kaj pardono.

Horuso estis proklamita la legitima reĝo de Egiptujo, alportante reen ordon kaj justecon al la lando. La dioj kaj homoj festis la revenon de paco sub la saĝa kaj justa regado de Horuso. La mondo de Egiptujo floris denove, dank' al la nova reĝo, kiu promesis gardi sian popolon kaj gvidi ilin al estonteco plena de espero kaj prospero.

"Mi dediĉas mian regadon al la servo de justeco kaj harmonio," diris Horuso, dum li rigardis la sunon leviĝi super la Nilo. "Kune, ni konstruos estontecon, kie ĉiuj povos vivi en paco kaj prospero."

Kaj tiel, la rakonto de Horuso, la dio de la ĉielo, restis kiel eterna simbolo de kuraĝo, justeco, kaj la triumfo de bono super malbono en la koroj de la egiptaj popoloj por ĉiam.

1. aliancanojn - allies
2. armeon - army
3. batalo - battle
4. decida - decisive
5. dueloj - duels
6. epopeaj - epic
7. forto - strength
8. incantaĵoj - enchantments
9. intencoj - intentions
10. justeco - justice
11. kompato - compassion
12. konfrontiĝo - confrontation
13. nobleco - nobility
14. panteono - pantheon
15. vundoj - wounds

La Juĝo de Osiriso

La Konspiro de Seto

En antikvaj tempoj, kiam dioj regis super Egiptujo, estis reĝo nomata Osiriso, kiu gvidis sian regnon per saĝo kaj justeco. Lia regado estis epoko de paco kaj prospero, sed ne ĉiuj estis kontentaj.

Seto, la frato de Osiriso, pleniĝis de ĵaluzo kaj malamo. "Kiel povas Osiriso ĉiam ricevi la laŭdojn kaj la adoron? Mi estas same potenca kaj meritas la tronon!" li pensis amare.

Elpensinte ruzaĵon por forigi sian fraton, Seto organizis grandan festenon sub preteksto de repaciĝo kaj frata amo. Dum la festeno, li prezentis mirinde ornamitan keston, asertante ke ĝi estus donaco al tiu, kiu perfekte eniros ĝin.

Osiriso, neniam dubante pri la intencoj de sia frato, akceptis la defion kaj eniris la keston. Tuj kiam li faris tion, Seto fermis la keston kaj sigelis ĝin, kaptante Osirison interne.

Ridetante malice, Seto ĵetis la keston en la Nilon, kredante ke li finfine liberigis sin de sia frato. "Nun la trono de Egiptujo apartenos al mi," li diris al si triumfe.

Tamen, Iziso, la fidela kaj potenca edzino de Osiriso, malkovris la malbonan agon de Seto. Ŝi estis detruita de malĝojo, sed decidis ne cedi. Kun la helpo de sia fratino Neftiso, ŝi entreprenis malfacilan vojaĝon tra la lando por trovi sian amatan edzon.

Post longa kaj malfacila serĉado, ili finfine trovis la keston kaŝita inter la kanopeoj de la Nildelto. Malfermante ĝin, Iziso trovis la korpon de Osiriso kaj, per sia potenca magio, sukcesis lin revivigi por mallonga tempo.

"Mi ne povos resti longe," diris Osiriso, vekiĝinte. "Sed dank' al via amo kaj magio, mi nun regos la submondon kaj juĝos la animojn de la mortintoj, certigante ke justeco ĉiam regu."

Kvankam Iziso estis koraŝirita pro la perdo, ŝi trovis iom da konsolo scii, ke ŝia edzo nun havis gravan rolon preter la vivo. Ŝi promesis al si, ke la heredaĵo de Osiriso daŭros tra ilia filo, Horuso, kiu iam staros por reakiri la tronon kaj restarigi justecon en Egiptujo.

1. adorno - worship, adoration
2. agon - deed, act
3. ĉiuj - everyone
4. decidis - decided
5. elpensinte - having devised
6. festeno - feast, banquet
7. fratino - sister
8. ĵaluzo - jealousy
9. kaptante - capturing
10. konsolo - consolation
11. malamo - hatred
12. malĝojo - sorrow
13. momento - moment
14. preteksto - pretext
15. ruzaĵon - trick, scheme

La Serĉado de Isis

Post la tragika perdo de Osiriso, Iziso trovis sin sola, kun la peza ŝarĝo de sia malĝojo. Ŝi baldaŭ malkovris, ke ŝi estas graveda de Osiriso, kun la infano Horuso. Tiu malkovro alportis al ŝi iom da espero meze de ŝia doloro. "Tiu ĉi infano," ŝi pensis, "estos la lumo en la mallumo, kaj la venĝo kontraŭ la maljusteco farita al lia patro."

Dum Horuso kreskis en la sekureco de la marĉoj de la Nildelto, li restis nekonscia pri sia vera heredaĵo. Iziso, volante gardi lin sekura kaj ŝirmi lin de la minaco de Seto, instruis al li pri la mondo en kaŝejo.

"Via patro estis granda reĝo," ŝi diris al Horuso, rakontante al li pri la justeco kaj forto de Osiriso. "Kaj vi, mia kara filo, portas en vi lian spiriton."

Sub la atenta gvido de sia patrino, Horuso lernis la artojn de magio kaj la sciojn de la dioj. Malgraŭ la konstanta minaco de Seto, kiu serĉis detrui ĉiun eblan heredanton al la trono, Iziso sukcesis protekti sian filon per siaj magiaj kapabloj, ĉiam unu paŝon antaŭ la perfida dio.

Kiam Horuso fariĝis juna viro, lia naturo kaj determino komencis brili. "Mi venĝos mian patron," li firme deklaris, post kiam li eksciis la veron pri la perfido de Seto.

"Vi estas destinita por grandaj aferoj," Iziso rivelis al li. "Vi regos Egiptujon kaj alportos justecon al nia popolo."

Por prepari sin por la estonta konfrontiĝo kun Seto, Horuso entreprenis vojaĝon por akiri saĝon kaj forton. Dum siaj vojaĝoj, li renkontis diversajn diojn, kiuj ofertis al li sian subtenon kaj instruojn, ĉiu kun sia propra leciono kaj beno.

"Por venki Seton, vi devos esti saĝa kaj forta," ili konsilis. Kun ĉiu renkonto, Horuso plifortiĝis, ne nur en korpa forto sed ankaŭ en saĝo kaj kompreno de la mondo kaj ĝiaj ekvilibroj.

Iziso, observante la kreskon kaj evoluon de sia filo, sentis kreskantan konfidon en lia kapablo reakiri la tronon kaj restarigi ordon en Egiptujo. "La tago venos," ŝi diris kun espero en sia koro, "kiam paco kaj justeco denove regos sub via gvido, mia filo."

Kaj tiel, kun la benoj de sia patrino kaj la subteno de la dioj, Horuso pretiĝis por la fina batalo, ne nur por venĝi sian patron sed ankaŭ por plenumi sian destinon kiel la legitima reganto de Egiptujo.

1. aferoj - matters, affairs
2. determino - determination
3. ekvilibroj - balances, equilibriums
4. espero - hope
5. graveda - pregnant
6. heredaĵo - heritage
7. konscia - aware
8. konstanta - constant
9. malĝojo - sorrow
10. marĉoj - marshes

11. minaco - threat
12. neŭtraligi - to neutralize
13. perfido - betrayal
14. serĉado - search, quest
15. venĝo - revenge

La Duela Batalo de la Dioj

La tempo por la fina konfrontiĝo alvenis. Horuso, plena de determino kaj justa kolero, defiis Seton al duelo por reakiri la tronon, kiu rajte apartenis al lia familio. La dioj de Egiptujo kolektiĝis por atesti la epokan batalon, iliaj lojalecoj dividitaj inter la du kontraŭuloj.

Seto, konata pro sia ruzo kaj potenco, starigis severan defion al Horuso. "Vi neniam regos Egiptujon," li fanfaronis, kiam la batalo komenciĝis kun furioza interŝanĝo de magio kaj fizika forto.

La batalo estis intensa, kun ambaŭ flankoj uzantaj ĉiun kapablon en sia arsenalo. Horuso, malgraŭ sia forto kaj trejnado, suferis vundon, sed lia spirito restis nefleksebla. "Mi ne cedos antaŭ vi," li obstine diris, batalante malgraŭ la doloro.

Iziso, ĉiam atentema, uzis siajn magiajn kapablojn por kuraci sian filon. "Vi devas leviĝi, Horuso," ŝi flustris per sorĉo. "Via popolo bezonas vin."

Revigligita per la zorgo de sia patrino, Horuso revenis al la batalo kun renovigita fervoro. La batalo intensiĝis ĝis Horuso, gvidata de la saĝo kaj forto donitaj al li de la dioj, finfine prenis la superecon.

Antaŭ la okuloj de la dioj kaj la spiritoj de la antaŭuloj, Seto estis venkita. Sed en momento de nobla kompato, Horuso elektis ne mortigi sian onklon. "Via regado de teruro finiĝis, sed mi ne fariĝos mortiganto," li deklaris, ekzilante Seton anstataŭ ekzekuti lin.

La dioj proklamis Horuson la legitima reganto de Egiptujo, kaj li promesis sekvi la ekzemplon de sia patro, gvidante sian regnon per justeco kaj saĝo. Sub lia regado, paco kaj harmonio revenis al Egiptujo, kaj la popolo celebris la finon de la tiraneco de Seto.

Osiriso, observante el la submondo, benis la regadon de sia filo. "Vi faris min fieran, mia filo," lia voĉo eĥis tra la aetero, "Vi restarigis la ekvilibron en nia mondo."

Horuso fariĝis ne nur reĝo, sed ankaŭ simbolo de espero kaj renoviĝo por la tuta Egiptujo. Lia historio, plena de bataloj kaj venkoj, estis rakontata tra generacioj, kiel inspiro por ĉiuj, kiuj serĉis lumon en la ombroj de defioj.

1. arsenalo - arsenal
2. batalo - battle
3. defio - challenge
4. determino - determination
5. duelo - duel
6. ekzekuti - to execute
7. ekzilante - exiling
8. fanfaronis - boasted
9. fervoro - fervor
10. fizika - physical
11. flustris - whispered
12. intensiĝis - intensified
13. kompato - compassion
14. lojalecoj - loyalties
15. superecon - supremacy

La Okulo de Horuso

La Perdo de la Okulo

Dum la tempo kiam dioj regis kaj magio fluis tra la tero de Egiptujo, junulo nomata Horuso kreskis sub la gvido de siaj diaj gepatroj, lernante fariĝi potenca militisto. Lia onklo, Seto, konsumita de ĵaluzo kaj malamo, decidis detrui Horuson kaj ĉion, por kio li staris.

Iliaj vojoj finfine kruciĝis en epika batalo, kie la fortoj de ordo kaj ĥaoso koliziis. Dum la konfrontiĝo, Seto, uzante sian malican ruzecon, sukcesis elŝiri la maldekstran okulon de Horuso, lasante lin grave vundita kaj parte blindigita.

La perdo de lia okulo ne nur fizike vundis Horuson, sed ankaŭ simbolis la vundeblecon de justeco en la mondo. Tamen, tiu tragedio ankaŭ naskis novan potencon; la okulo de Horuso fariĝis emblemo de protekto kaj fortikeco.

Iziso, la patrino de Horuso, estis korŝirita pro la sufero de sia filo. Ŝi tuj alvokis Toton, la dion de saĝeco kaj magio, por veni al ilia helpo. "Toto, mia filo bezonas vin," ŝi petegis. "Vi estas nia sola espero."

Toto, kun sia senfina kompreno de la magiaj artoj, aplikis sian scion por resanigi Horuson. Kvankam li sukcesis mildigi la doloron kaj sanigi la korpan vundon, la fizika okulo de Horuso restis perdita.

"Tio, kion mi povas fari, superas la ordinaran," diris Toto, dum li kreis novan magian okulon, pli potencan ol iu ajn antaŭe vidita. "Ĉi tiu okulo ne nur helpos vin vidi denove, sed ankaŭ donos al vi novajn kapablojn."

Kun dankemo kaj nobla koro, Horuso decidis oferi sian novan magian okulon al sia patro, Osiriso, kiu regis la submondon, por helpi lin pli efike gvidi la animojn de la mortintoj. Tiu ago de abnegacio kaj amo plifortigis la ligilojn inter la mondo de la vivantoj kaj la regno de la mortintoj.

La okulo de Horuso, tra ĝia perdo kaj rekreiĝo, fariĝis potenca simbolo en la egipta mitologio, reprezentante protekton, oferon, kaj la eternan ciklon de morto kaj renaskiĝo. Ĝi instruis al la homoj la valoron de persisto kontraŭ adverso kaj la potencon, kiu venas de vera ofero.

1. abnegacio - self-denial
2. adverso - adversity
3. arsenalo - arsenal
4. batalo - battle
5. ciklon - cycle
6. emblemo - emblem
7. fervoro - fervor
8. ĥaoso - chaos
9. korŝirita - heartbroken
10. magio - magic
11. nobla - noble
12. orde - order (as in order and chaos)
13. perdo - loss
14. protekto - protection
15. ruzecon - cunning

La Potenco de la Okulo

La famo pri la magia okulo de Horuso rapide disvastiĝis tra la tuta Egiptujo. Ĝi ne nur simbolis la venkon de Horuso super la malbono, sed ankaŭ fariĝis emblemo de protekto kontraŭ ĉia malbono. La egiptoj, vidante la miraklojn plenumitajn per la okulo, komencis uzi ĝian bildon por sia propra protekto.

"Vidu," diris patrino al sia infano, dum ŝi pendigis amuleton kun la bildo de la okulo ĉirkaŭ lia kolo, "ĉi tiu okulo gardos vin kontraŭ malamikoj kaj malbono."

La temploj kaj sanktaj lokoj estis ornamitaj per la bildo de la okulo, kaj la fideluloj portis amuletojn kaj juvelojn kun ĝia figuro por sekureco. Horuso, nun rekonita kiel la dio, kiu protektas kontraŭ ĉia malbono, daŭre batalis kontraŭ la fortoj de ĥaoso kaj obskuro, ĉiam kun la helpo de sia magia okulo.

Eĉ Seto, kiu daŭre komploteis en la ombroj, ne povis nei la potencon, kiun la okulo donis al Horuso. "Via magio estas forta, Horuso, sed mi ankoraŭ ne estas venkita," li minacis el la ombroj, sed Horuso restis neŝanceliĝa.

Per sia magia okulo, Horuso povis malkovri trompojn kaj malverojn, ĉiam restigante sin kelkajn paŝojn antaŭ siaj malamikoj. La homoj de Egiptujo turnis sin al Horuso en preĝoj por protekto, kuraco, kaj gvidado. "Ho, Horuso, per via okulo, protektu nin," ili petegis kun kredo en lia potenco.

Maristoj portis bildojn de la okulo sur siaj ŝipoj por protekti ilin dum longaj vojaĝoj tra la danĝeraj akvoj, kaj la faraonoj, regantoj de Egiptujo, portis la simbolon sur siaj kronoj kiel signo de sia leĝa aŭtoritato kaj la protekto de la dioj.

Eĉ en la mondo de la mortintoj, la okulo de Horuso ofertis protekton; ĝi estis pentrita sur sarkofagoj kaj en tomboj por gardi la animojn en la postvivo. La kuracistoj de la epoko uzis incantaĵojn kaj formulojn ligitajn al la okulo por sanigi malsanojn kaj protekti kontraŭ malbono.

La okulo de Horuso iĝis ne nur simbolo de fizika protekto, sed ankaŭ lumo en la mallumo, gvidante la egiptojn tra tempoj de malfacilaĵoj kaj necerteco. Ĝi reprezentis la eternan batalon inter lumo kaj mallumo, bono kaj malbono, kaj la senĉesan strebon al ekvilibro kaj harmonio en la mondo.

1. amuleton - amulet
2. batalon - battle
3. ĉiuj - all, every
4. ĥaoso - chaos
5. disvastiĝis - spread
6. emblemo - emblem
7. fideluloj - faithful, followers
8. gvidado - guidance
9. incantaĵojn - spells
10. juvelojn - jewels
11. malbono - evil

12. nekerteco - uncertainty
13. obskureco - darkness
14. protekto - protection
15. sarkofagoj - sarcophagi

La Heredaĵo de la Okulo

Tra la epokoj, la legendo de la okulo de Horuso fariĝis fundamenta parto de la egipta kulturo, ĝiaj eĥoj resonante de la temploj ĝis la ĉiutagaj hejmoj de la popolo. Horuso, nun unu el la plej adorataj dioj, simbolis la triumfon de lumo super mallumo, bono super malbono.

"Infanoj," instruis instruisto al siaj lernantoj, "la rakonto de Horuso kaj lia okulo instruas nin pri kuraĝo kaj ofero. Ĝi montras, ke neniu malbono estas tro granda por venki, kiam oni havas kredon kaj fortan volon."

Artisto, inspirita de la rakonto, kreis novajn bildojn de la okulo, ĉiu kun sia unika interpretado kaj stilo. "Rigardu," li diris, prezentante sian lastan verkon, "ĉiu streko kaj koloro en ĉi tiu bildo reprezentas la senfinan protekton, kiun la okulo ofertas al ni."

Poetoj kaj kantistoj festis la venkon de Horuso super Seto per siaj verkoj, kaj la popolo kantis iliajn kantojn dum festoj kaj ceremonioj, celebrante la potencon kaj protekton, kiun la okulo simbolis. "Per sia saĝo kaj forto, Horuso gardas nin ĉiujn," kantis ĥoro, iliaj voĉoj leviĝante en la nokton.

Pastroj, gardantoj de la spirita heredaĵo de Egiptujo, profundigis la komprenon de la fideluloj pri la signifo de la okulo. "La okulo de Horuso gvidas nin en lumo kaj mallumo, protektante nin kontraŭ ĉio malbona," ili predikis, disvastigante la mesaĝon de espero kaj sekureco.

Festivaloj en honoro de Horuso kaj lia okulo kunigis komunumojn, kie homoj de ĉiuj aĝoj kaj sociaj tavoloj kunvenis por celebri la heredaĵon kaj protekton, kiun la okulo alportis al iliaj vivoj. "Ĉi tiu tago," proklamis la festestro, "ni memoras la eternan batalon kontraŭ la malbono kaj la venkon, kiun nia adorata dio Horuso alportis al ni."

Erudiciuloj kaj magiistoj esploris la pli profundajn misterojn de la okulo, malkovrante novajn manierojn uzi ĝian potencon por kuracado kaj protekto. "La magio de la okulo estas vasta kaj profunda," ili malkaŝis, "ĝi povas vidi preter la ŝajnoj kaj malfermi pordojn al nekonataj mondoj."

La okulo de Horuso fariĝis ne nur gardanto kontraŭ fizikaj minacoj, sed ankaŭ lumturo en la serĉado de vero kaj saĝo. Ĝi inspiris generaciojn da egiptoj, gvidante ilin tra la defioj de la vivo kaj memorante ilin pri la potenco de unueco kaj kuraĝo. La heredaĵo de la okulo daŭre brilas kiel simbolo de protekto, ofero, kaj la senĉesa batalo por justeco kaj lumo en la mondo.

1. adorataj - adored, worshipped
2. batalo - battle
3. ceremonioj - ceremonies
4. erudiciuloj - scholars
5. festivaloj - festivals
6. fideluloj - faithful, believers
7. heredaĵo - heritage, legacy
8. inspirita - inspired
9. interpretado - interpretation
10. kantistoj - singers
11. kuraĝo - courage
12. magiistoj - magicians, sorcerers
13. ofero - sacrifice
14. protekto - protection
15. spirita - spiritual

Anubiso kaj la Mumiiĝo

La Naskiĝo de la Mumiiĝo

En la tempo de la faraonoj, kiam la dioj marŝis sur la tero de Egiptujo, vivis dio nomata Anubiso. Li estis la gardanto de la mortintoj, kun kapo de ĉakalo, simbolo de protekto en la nokto. Anubiso, per sia saĝo kaj potenco, malkovris la sekretojn de la mumiiĝo por certigi, ke la korpoj de la mortintoj estu konservitaj por ilia vojaĝo al la postvivo.

"La korpo devas esti konservita," Anubiso instruis al la pastraro, "por ke la animo havu hejmon en la eterneco."

La pastraro diligente sekvis la instrukciojn de Anubiso, uzante herbojn kaj oleojn por protekti la korpojn kontraŭ putrado. Inter la plej gravaj ritoj, ili zorgis, ke la koro restu en la korpo, ĉar ĝi estis konsiderata la centro de saĝo kaj sentoj.

"Sen la koro," klarigis Anubiso, "la animo ne povos esti juĝita juste en la pesado kontraŭ la plumo de Maat."

La pastraro zorge envolvis la korpojn en linajn bandaĝojn, intermetante amuletojn por plia protekto. La tomboj, kie la mumioj ripozis, estis ornamitaj per bildoj de Anubiso, kiel signo de respekto kaj peto por lia gvido al la animoj en ilia lasta vojaĝo.

Familioj de la mortintoj turnis sin al Anubiso en preĝoj, petante lin gardi siajn amatajn kontraŭ danĝeroj, kiuj povus minaci ilin sur la vojo al la postvivo. "Ho Anubiso, gvidu la animon de nia amato sekure tra la ombroj," ili petegis.

La arto de mumiiĝo, sub la zorgema okulo de Anubiso, fariĝis ne nur metodo por konservado de la korpoj sed ankaŭ sankta ceremonio, kiu ligis la vivantojn kun la mortintoj kaj la dioj. Ĝi estis atesto de la profunda kredo de la egiptoj en la postviva ekzisto kaj ilia respekto al la cikloj de vivo, morto, kaj renaskiĝo.

Tra la jarcentoj, la praktiko de mumiiĝo disvastiĝis tra la tuta Egiptujo, ĉiu paŝo kaj ĉiu vorto plenigita per la saĝo kaj potenco de Anubiso, certigante, ke la legendoj kaj tradicioj de la mumiiĝo estu transdonitaj tra generacioj, kiel eterna simbolo de la serĉado de la egiptoj por eterneco kaj ilia profunda konekto kun la dioj.

1. amuletojn - amulets
2. animo - soul
3. bandaĝojn - bandages
4. ceremonio - ceremony
5. ĉakalo - jackal
6. eterneco - eternity
7. familioj - families
8. gardanto - guardian
9. herbojn - herbs
10. konservita - preserved
11. linajn - linen
12. mumiiĝo - mummification
13. oleojn - oils
14. pastraro - priesthood
15. putrado - decay

La Ritualeco de la Mumiiĝo

En la koro de antikva Egiptujo, la sekretoj de la eterneco estis zorge gardataj tra la sankta arto de mumiiĝo, rituale gvidata sub la atenta okulo de Anubiso. La procezo, kiu daŭris sepdek tagojn, estis pli ol nur preparado de la korpo; ĝi estis vojaĝo de la animo de la tero al la postvivo.

La pastroj, vestitaj per maskoj de Anubiso por honori la dion de la mortintoj, komencis per la purigado de la korpo per la sankta akvo de la Nilo. "Per ĉi tiu akvo, ni purigas la korpon de nia frato," ili deklaris, verŝante la vivigan likvaĵon super la korpo kuŝanta ĉe la bordoj de la rivero.

Post la purigado, ili ekis la delikatan taskon de forigo kaj konservado de la internaj organoj, metante ilin en kanopajn vazojn por ilia protekto. La korpo mem estis plenigita per natrono, natura salo, por sekigi ĝin kaj konservi ĝin kontraŭ putrado.

"La saĝo de Anubiso gvidas niajn manojn," ili flustris, dum ili zorge prilaboris la korpon, certigante, ke ĉiu paŝo estis plenumita kun plej alta respekto kaj precizeco.

Post semajnoj de atenta prizorgo, la korpo estis ŝmirita per sanktaj oleoj, igante ĝin fleksebla kaj preparita por la fina fazo de la rito. La pastroj, profunde konsciaj pri la graveco de sia tasko, recitis magiajn formulojn, invokante la protekton de la dioj kaj petante la benon de Anubiso.

La korpo, nun preta, estis envolvita en linajn bandaĝojn, inter kiujn estis metitaj amuletoj kaj magiaj simboloj por gardi la vojaĝanton en la postvivo. La Libro de la Mortintoj, gvida teksto por la transira vojaĝo, estis metita apud la mumio, ofertante konsilojn kaj protekton al la animo.

"Per ĉi tiuj vortoj, via vojo estos lumigita," ili promesis, metante la libron apud la mumion en la elektita sarkofago, kies grandeco kaj ornamado reflektis la socian statuson de la mortinto.

Dum la tuta procezo, Anubiso, en sia spirita formo, atente rigardis, certigante, ke ĉiu detalo estis efektivigita kun precizeco. La familioj de la mortintoj, dankemaj kaj plenaj de espero, celebris festenon en honoro de siaj amataj, sendante ilin al la postvivo kun preĝoj kaj bondeziroj.

La fina entombigo estis plenumita kun ĉiuj rituoj kaj benoj de Anubiso, certigante, ke la vojaĝo de la animo al la postvivo estus sekura kaj benita. Tra la klopodoj de la pastroj kaj la beno de la dioj, la korpoj de la mortintoj estis transformitaj en eterne konservitajn mumiojn, pretaj por la eterneco. La rito de mumiiĝo fariĝis ne nur artaĵo sed ankaŭ ponto inter la mondoj de la vivantoj kaj la mortintoj.

1. akvo - water
2. amuletoj - amulets
3. animo - soul
4. entombigo - burial
5. eterneco - eternity
6. internaj organoj - internal organs
7. kanopaj vazoj - canopic jars
8. korpo - body
9. libro de la Mortintoj - Book of the Dead

10. linaj bandaĝoj - linen bandages
11. marborda - riverside
12. natrono - natron
13. oleoj - oils
14. pastroj - priests
15. purigado - purification

La Heredaĵo de Anubiso

La influo de Anubiso, la dio de mumiiĝo kaj la postvivo, penetris ĉiun aspekton de antikva egipta socio, kaj lia heredaĵo daŭras tra la jarcentoj. Kiel gardanto de la tombejoj kaj gvidanto de la animoj, Anubiso estis adorata kaj respektata tra la tuta lando.

"Vidu, kiel nia granda dio Anubiso protektas la ripozejon de niaj antaŭuloj," diris patro al sia filo, dum ili preterpasis la vastajn tombejojn. "Liaj temploj staras kiel gardantoj kontraŭ la ombroj."

La temploj dediĉitaj al Anubiso estis konstruitaj kun majesteco kaj gracio, kaj la pastroj, kiuj servis en ili, estis profunde respektataj pro sia scio kaj dediĉo. "Ni estas la gardantoj de la sekretoj de la vivo kaj la morto," ili instruis, "kaj nia devo estas gvidi la animojn al la lumo de eterneco."

La praktiko de mumiiĝo, perfektigita sub la gvido de Anubiso, disvastiĝis preter la limoj de Egiptujo, influante aliajn kulturojn kaj civilizaciojn. "La saĝo de Anubiso atingas eĉ la plej malproksimajn landojn," rimarkis erudiciulo, studante la diversajn manierojn, per kiuj la ideon de korpa konservado adoptis kaj adaptis aliaj popoloj.

En la arto kaj literaturo, la figuro de Anubiso inspiris generaciojn da artistoj kaj verkistoj. "Tra liaj okuloj, ni vidas la justecon de la postvivo," diris poeto, verkante versojn pri la dia juĝisto de la animoj.

Amuletoj kaj simboloj de Anubiso portis la promeson de protekto kaj gvido. "Per ĉi tiu amuleto, la forto kaj saĝo de Anubiso akompanos vin," diris patrino, donante al sia filo benitan amuleton.

Procesioj en honoro de Anubiso, plenaj de kantoj kaj preĝoj, trairegis la stratojn de la urboj, celebrante lian dian gvidadon kaj protekton. "Ni marŝas sub la standardo de Anubiso, por ke li gvidu niajn paŝojn en lumo kaj mallumo," proklamis la gvidanto de la procesio.

Historiistoj kaj arkeologoj, fascinataj de la antikvaj praktikoj de mumiiĝo, malkovris kaj dokumentis la detalojn kaj kompleksecojn de tiu unika egipta arto. "Ĉiu malkovro malfermas novan ĉapitron en nia kompreno pri la vivo kaj kredoj de la antikvaj egiptoj," ili miregis.

La fascino pri mumioj kaj la ritoj ligitaj al Anubiso etendiĝis preter la akademia mondo, kaptante la imagon de homoj ĉie. Muzeoj ĉirkaŭ la mondo fieras montri siajn kolektojn de egiptaj artefaktoj, invitante vizitantojn eniri la misteran mondon de la faraonoj kaj iliaj dioj.

Filmoj, libroj, kaj aliaj popularaj medioj ofte prezentas la figuron de Anubiso, atestante la daŭran fascinon kaj respekton, kiujn tiu antikva dio inspiras. "Anubiso, la gardanto de la sekretoj kaj juĝisto de la animoj, daŭre regas en niaj koroj kaj mensoj," diris fama reĝisoro, kies lasta verko esploris la mitojn kaj legendojn de Egiptujo.

Anubiso, kun siaj ĉiovidetaj okuloj kaj saĝa koro, restas senmorta simbolo de la serĉado de justeco, protekto, kaj kompreno pri la misteroj de la vivo kaj la morto. La heredaĵo de Anubiso, ĉizita en la ŝtono de la temploj kaj konservita en la koroj de la homoj, daŭras kiel eterna atesto de la profundeco kaj riĉeco de la egipta civilizacio.

1. adorata - worshipped
2. amuleto - amulet
3. antikva - ancient
4. arto - art
5. dediĉo - dedication
6. dio - god
7. erudiciulo - scholar
8. fascino - fascination
9. gvidanto - guide, leader

10. heredaĵo - legacy
11. historiisto - historian
12. konservado - preservation
13. majesteco - majesty
14. mumiiĝo - mummification
15. procesio - procession

La Vojaĝo de Ra tra la Submondo

La Ekiro de Ra

En la vasta regno de Egiptujo, kie la dioj interplektiĝis kun la tagoj kaj noktoj de la mortemuloj, Ra, la potenca dio de la suno, regis super ĉio, kio brilas kaj donas vivon. Sed ne ĉiu horo estis lumigita de lia ĉeesto; ĉiun vesperon, Ra entreprenis danĝerplenan vojaĝon tra la submondo.

"Estas tempo," diris Ra, rigardante la horizonton, kie la suno komencis malaperi. "La nokto alvenas, kaj kun ĝi, mia vojaĝo tra la ombroj."

Sur sia suna ŝipo, akompanata de fidelaj dioj, Ra eniris la mallumon, pretigante sin por la defioj, kiuj atendis lin. La submondo estis regno de teruroj, hejmo de monstraj estaĵoj kaj malamikoj, inkluzive de la terura serpento Apophis, kiu ĉiam serĉis engluti la sunon kaj estingi ĉiun lumon.

"Ni estu gardemaj," avertis unu el la dioj, dum la ŝipo komencis sian vojaĝon. "Apophis atendas nin."

La egiptoj, konsciaj pri la nokta batalo de sia dio, turnis sin al preĝoj kaj oferoj, petante protekton por Ra. "Gardu nian dion," ili petegis, "kaj revenu al ni kun la mateno."

La simboleco de Ra vojaĝanta tra la nokto reprezentis la eternan batalon inter lumo kaj mallumo, bono kaj malbono. "Ĉiu el liaj defioj," klarigis saĝulo al junuloj, "simbolas niajn proprajn luktojn kontraŭ la ombroj en niaj koroj."

Por trairi la submondon, Ra devis venki la gardantojn de dek du pordegoj, unu por ĉiu horo de la nokto. Ĉiu pordego prezentis unikan defion, kaj nur per sia magio kaj saĝo Ra povis superi ilin.

"Ni devas helpi nian dion," diris la pastroj, komencante ritualojn plenajn de magio kaj preĝoj, desegnante la vojon por Ra en la mallumo.

La rakontoj pri la vojaĝoj de Ra estis gravuritaj sur la muroj de tomboj kaj temploj, eterna atesto de lia potenco kaj protekto. La renaskiĝo de Ra ĉiumatene ne nur simbolis la revenon de la lumo sed ankaŭ la senĉesan venkon super la fortoj de la malbono.

"Kaj tiel," finis la saĝulo, "ĉiu tagiĝo estas promeso de nova komenco, kaj la certeco, ke lumo ĉiam venkos la mallumon." La koroj de la aŭskultantoj pleniĝis de espero, sciiante, ke malgraŭ la malhelaj tempoj, la lumo de Ra ĉiam revenos por gvidi kaj protekti ilin.

1. akompanata - accompanied
2. atendi - to wait, to expect
3. batalo - battle
4. brili - to shine
5. defio - challenge
6. engluti - to engulf, to swallow
7. eterna - eternal
8. gardanto - guardian
9. interplektiĝi - to intertwine
10. malbono - evil
11. mallumo - darkness
12. monstraj - monstrous
13. ombro - shadow
14. pordego - gate
15. preĝo - prayer

La Defioj en la Submondo

Kiam Ra, la majesta dio de la suno, eniris la malhelan regnon de la submondo, lia ĉeesto brilis kiel flamo en senfina nokto. Preskaŭ tuj, li estis alfrontita de la terura Apophis, la serpento de kaoso, kiu ĉiam serĉis detrui la lumon kaj engluti la mondon en eternan mallumon.

"Vi ne trapasos," siblis Apophis, lia korpo ondumante en minaca danco. Sed Ra, kies koro brulis per nevenkebla kuraĝo, pretis por la batalo.

La dioj, kiuj akompanis lin, staris firme ĉe lia flanko, siaj armiloj pretaj por defendi la lumon. "Ni estas kun vi, Ra," ili deklaris, iliaj voĉoj unuiĝinte en defio kontraŭ la mallumo.

Kun ĉiu puŝo de sia potenca lumo, Ra repuŝis la atakojn de Apophis, iluminante la ombrojn kaj malkaŝante la timigajn estaĵojn, kiuj rampis en la submondo. Sed la veraj defioj estis la dek du pordegoj de la nokto, ĉiu gardata de potencaj estaĵoj, kaj nur per scio de iliaj sekretaj nomoj Ra povis transiri ilin.

"Revelu al mi vian nomon," Ra ordonis ĉe ĉiu pordego, lia voĉo plena de aŭtoritato kaj magio. Kaj ĉiufoje, la pastroj, kiuj zorge konservis tiujn sekretojn, flustris la nomojn tra la ventoj, gvidante Ra'n tra la mallumo.

La vojaĝo de Ra estis plena de malfacilaĵoj; ĉiu monstro, kiun li renkontis, testis lian kuraĝon kaj decidon. Tamen, anstataŭ venki ilin per forto, Ra ofte elektis kuraci iliajn suferojn, liberigante ilin de la ĉenoj de malbono.

"Per mia lumo, mi alportas esperon," li proklamis, kaj tiel, eĉ la plej perdita animo trovis vojon al pardono kaj paco.

Dum Ra batalis kaj gvidis en la submondo, la pastroj sur la tero kantis kaj preĝis por lia forto kaj rapida reveno. Iliaj voĉoj plenigis la koron de la popolo per espero, sciigante ke ilia dio batalis la plej grandan batalon por gardi la mondon en ekvilibro.

Finfine, kiam la lasta pordego estis superita, kaj la unuaj radioj de la alproksimiĝanta tagiĝo tuŝis la horizonton, Ra prepariĝis por sia reaperiĝo. La venko super la mallumo estis ne nur triumfo por li sed por la tuta kreitaĵaro, simbolo de la eterna ciklo de morto kaj renaskiĝo, kaj la nevenkebla forto de lumo super mallumo.

"Denove, ni renkontos la lumon," Ra murmuris, dum li trairis la finan pordegon, preta alporti novan tagon al la mondo, kaj kun ĝi, novan esperon. La popolo de Egiptujo vekiĝis al nova mateno, plena je dankemo kaj adorado por sia dio, kiu denove venkis la nokton kaj certigis la daŭrigon de la vivo kaj lumo en ilia mondo.

1. adorado - worship

2. alfronti - to confront
3. armilo - weapon
4. batalo - battle
5. dankemo - gratitude
6. determino - determination
7. ekbrili - to flare, to blaze
8. engluti - to engulf
9. kuraĝo - courage
10. mallumo - darkness
11. malfacilaĵo - difficulty
12. minaca - menacing
13. ondumanta - undulating
14. pastro - priest
15. siblis - hissed

La Reveno de Ra

Kiam la unuaj lumradioj de la tagiĝo trairis la ĉielon, Ra, la glora dio de la suno, venkinte la defiojn de la submondo, reaperis triumfe. La tuta Egiptujo vekiĝis al festado, akceptante la revenon de sia dio kun kantoj kaj dancoj, celebrante la revenon de lumo kaj varmo sur sia tero.

"Ni dankas vin, Ra, pro via protekto kaj gvido tra la nokto," preĝis la egiptoj, levante siajn manojn al la ĉielo en esprimo de senfina dankemo. La ciklo de morto kaj renaskiĝo, kiun Ra ĉiufoje travivis, simbolis la eternan vivon kaj la promeson de nova komenco.

"Per mia vojaĝo, mi malkaŝis la sekretojn kaŝitajn en la ombroj," diris Ra al la pastroj, dividante kun ili la scion kaj saĝon akiritajn dum liaj defioj en la submondo. Tiuj instruoj, plenaj de profunda kompreno pri justeco kaj vero, fariĝis fundamentaj por la leĝoj kaj moroj, kiuj regis la egiptan civilizon.

Inspirite de la epopeaj rakontoj de Ra, artistoj kreis novajn verkojn, kiuj spegulis la grandiozajn aventurojn kaj la senĉesan lukton inter lumo kaj mallumo. Infanoj aŭskultis kun miro al la rakontoj pri la kuraĝo kaj persistemo de Ra, lernante ke eĉ en la plej malhelaj momentoj, espero kaj lumo ĉiam triumfas.

La temploj dediĉitaj al Ra brilis pli hele ol iam ajn, simbole akceptante la revenon de sia dia gardanto. La faraonoj, konsiderataj surteraj reprezentantoj de Ra mem, estis vaste respektataj kaj adorataj, ilia regado vidata kiel beno kaj protekto de la dio.

La vojaĝo de Ra tra la submondo kaj lia sekva reveno ne nur plifortigis la kredon de la egiptoj en la postvivo, sed ankaŭ servis kiel ĉiutaga memorigilo pri la konstanta venko super la kaoso. Ĉiu mateno, kiam Ra leviĝis en la ĉielo, estis simbolo de nova ebleco kaj la promeso de lumo venkanta super mallumo.

Por vojaĝoj kaj novaj entreprenoj, la egiptoj petis la benon de Ra, fidante je lia protekto kaj gvido. Kaj tiel, Ra, la eterna gardanto de Egiptujo, daŭrigis sian vigilon, promesante ĉiutage alporti novan tagon, plenan je espero, lumo, kaj renaskiĝo. La dio de la suno, per sia senmorta ciklo de vojaĝoj tra la nokto kaj reveno kun la tagiĝo, restis la plej alta simbolo de potenco, protekto, kaj eterneco en la koroj de la egiptoj.

1. akcepti - to accept
2. aventuro - adventure
3. celebrante - celebrating
4. ciklo - cycle
5. dankemo - gratitude
6. defio - challenge
7. egiptoj - Egyptians
8. espero - hope
9. festado - celebration
10. gvido - guidance
11. kanto - song
12. lumradio - beam of light
13. moraloj - morals
14. protekto - protection
15. rebrilo - reflection, gleam

La Rakonto de Du Fratoj

La Disiĝo

Iam en antikva Egiptujo vivis du fratoj, Anubiso kaj Bata. Anubiso, la pli aĝa, zorgis kaj protektis sian pli junan fraton kun granda respondeco. Bata, konata pro sia eksterordinara forto kaj kuraĝo, estis profunde admirata de ĉiuj en ilia komunumo.

Ili laboris kune en la kampoj, dividis la ĉiutagajn taskojn kaj ĝuis la simplan vivon, kiun ili havis. Sed unu tagon, la vivo de la fratoj prenis neatenditan turnon. La edzino de Anubiso provis tenti Batan, sed li firme rifuzis ŝian alproksimiĝon.

Konfuzita kaj zorgoplena, Bata malkaŝis la okazaĵon al Anubiso, esperante je kompreno kaj subteno. Tamen, la edzino de Anubiso mensogis, akuzante Batan anstataŭe kaj turnante Anubison kontraŭ li.

"Kiel vi povis?" demandis Anubiso, kolerigita kaj trompita de la vortoj de sia edzino. Li decidis agi kontraŭ sia frato en furiozo.

Sciante pri la minaco al sia vivo, Bata forkuris, serĉante rifuĝon kaj apelaciis al la dioj por protekto. La dioj, kompatemaj al lia situacio, kreis riveron plenan de krokodiloj por fari barilon inter la fratoj kaj protekti Batan.

"Ni renkontiĝos denove, frato," promesis Bata trans la danĝerplenan riveron, antaŭ ol turni sin al nekonata lando por komenci novan vivon.

En la Valo de Cedroj, Bata konstruis hejmon por si, loĝante en paco, sed ĉiam sentante la pezon de la disiĝo de lia familio. Li petis al la dioj signon, se ia danĝero minacus lin, kaj ricevis de ili magian donacon — la eblon renaskiĝi.

Kun sia koro sekure kaŝita en la trunko de cedra arbo, Bata ligis sian vivon al la eterneco de la naturo mem, esperante ke unu tagon, la ligo inter li kaj Anubiso estus restaŭrita.

La rakonto de Anubiso kaj Bata ne estas nur pri la doloro de perfido kaj la batalo por supervivo; ĝi estas ankaŭ rakonto pri la neŝanceliĝaj ligiloj de frateco, espero, kaj la kredo en la potenco de renaskiĝo kaj repaciĝo. Ĉi tiu estas la komenco de vojaĝo, kiu transiras la limojn de tempo kaj spaco, resonante en la koroj de ĉiuj, kiuj aŭdas ĝin.

1. alproksimiĝo - approach
2. apelaci - to appeal
3. batalo - battle
4. cedra - cedar
5. disiĝo - separation
6. eksterordinara - extraordinary
7. forkuri - to run away
8. frateco - brotherhood
9. krokodilo - crocodile
10. kuraĝo - courage
11. malhonesti - to deceive
12. neŝanceliĝa - unshakeable
13. perfido - betrayal
14. renaskiĝo - rebirth
15. zorga - concerned

La Provo kaj Reveno

Dum Bata laboris kaj vivis en la Valo de Cedroj, Anubiso, konsumita de pento pro siaj agoj, serĉis vojojn por ripari la rilaton kun sia frato. Sed la sekreto pri la ligo inter Bata kaj la cedra arbo estis malkovrita de la edzino de Anubiso, kiu, plena de malico, decidis detrui ĝin, esperante forigi Batan por ĉiam.

Kiam Anubiso eksciis la veron pri la agoj de sia edzino, lia kolero kontraŭ ŝi eksplodis. "Kiel vi povis fari tion?" li demandis, antaŭ ol finfine puni ŝin pro ŝia perfido kaj mensogoj.

Dume, la detruo de la cedra arbo malfortigis Batan, kaŭzante lian morton. Tamen, la magio, kiun la dioj donacis al li, funkciis, permesante al li renaskiĝi en nova formo. Kun nova vivo kaj celo, Bata decidis reveni al Egiptujo kaj serĉi repaciĝon kun sia frato.

Kiam Bata kaj Anubiso renkontiĝis denove, la pli aĝa frato ne tuj rekonis lin. Tamen, ilia amikeco rapide rekreskis, kaj per magia signo, Bata malkaŝis sian veran identecon al Anubiso. "Estas mi, via frato," li diris, montrante la signon, kiun nur ili du konis.

La emocia reunuiĝo inter la du fratoj estis plena je larmoj kaj promesoj neniam denove disiĝi. Ili ĵuris apogi unu la alian kaj labori kune por la bonfarto de sia lando.

Poste, Bata renkontis kaj edziĝis al princino, fariĝante influa kaj respektata viro en la egipta socio. Ankaŭ Anubiso trovis pacon kaj plenumon, laborante flanko ĉe flanko kun sia frato por gvidi kaj protekti sian landon.

La reĝo de Egiptujo, impresita de la saĝo kaj forto de Bata, proponis al li altan pozicion en la regno. Kun siaj unikaj kapabloj kaj scioj, Bata helpis gvidi la popolon tra malfacilaj tempoj, inkluzive de invadoj kaj malsatoj.

La dioj, vidante la lojalecon kaj kuraĝon de la du fratoj, benis ilin kaj ilian landon. La rakonto pri Anubiso kaj Bata fariĝis legendo, transdonita de generacio al generacio kiel simbolo de frateco, pardono, kaj la potenco de renaskiĝo.

La vivoj kaj agoj de Anubiso kaj Bata estis eterne gravuritaj en la koroj kaj mensoj de la egiptoj, instruante al ĉiuj la valoron de vera frateco, justeco, kaj la senĉesa serĉado de lumo en la ombroj de la mondo. La legendo de la du fratoj restis viva, inspiro por ĉiuj, kiuj aŭdas ilian rakonton.

1. beni - to bless
2. cedra - cedar
3. celo - purpose
4. detruo - destruction
5. edziniĝi - to marry
6. influhava - influential
7. konsumita - consumed
8. lojaleco - loyalty
9. malico - malice
10. malkovri - to discover
11. malfortigi - to weaken
12. mensogo - lie

13. perfido - betrayal
14. remorso - remorse
15. rekoncilio - reconciliation

La Heredaĵo de la Fratoj

Tra la jaroj, la rakonto de Anubiso kaj Bata transformiĝis de simpla legendo al fundamenta parto de la egipta kulturo, iliaj agoj kaj valoroj inspirante generaciojn. Ili fariĝis simboloj de frateco, repaciĝo, kaj la senĉesa lukto por justeco kaj vero.

"Infanoj, hodiaŭ mi rakontos al vi pri du fratoj, kiuj superis perfidon kaj malfacilaĵojn per amo kaj unueco," instruis la instruisto, malfermante paĝojn de malnova libro plena de rakontoj kaj misteroj.

En honoro al Anubiso kaj Bata, grandiozaj temploj estis konstruitaj tra la tuta Egiptujo, ĉiu ŝtono kaj ĉiu kolono atestante ilian kuraĝon kaj persistemon. "Ni konstruas ĉi tiujn sanktejojn ne nur por memori ilin," klarigis la ĉefpastro, "sed ankaŭ por inspiri nin sekvi ilian ekzemplon."

Artistoj, kaptitaj de la profunda frateco kaj heroeco de la fratoj, kreis senmortajn verkojn, disvastigante ilian historion tra pentraĵoj, skulptaĵoj, kaj literaturo. "Per ĉi tiu pentraĵo, mi volas kapti la momenton de ilia reunuiĝo," diris artisto, zorge aldonante detalojn al sia verko.

Festivaloj kaj festoj okazis ĉiujare, rememorigante la popolon pri la forto trovita en pardono kaj la revaloro de restarigitaj ligiloj. "Hodiaŭ, ni festas la amon kaj unuecon, kiujn Anubiso kaj Bata instruis al ni," anoncis la festivalgvidanto, dum la tuta vilaĝo kunvenis por partopreni en la festadoj.

En la koro de religiaj ceremonioj, la pastroj recitis la rakonton de Bata kaj Anubiso, iliaj vortoj plenigante la aeron per magio kaj espero. "Per ilia rakonto, ni lernas pri la potenco de fido kaj la senlimeco de frata amo," ili deklamis, dum la aŭskultantaro aŭskultis kun respekto.

Amuletoj bildigantaj la du fratojn estis portataj de multaj kiel simboloj de protekto kaj bonŝanco. "Ĉi tiu amuleto gardos vin, same kiel Anubiso gardis Batan," diris patrino al sia filo, pendigante la amuleton ĉirkaŭ lia kolo.

Eĉ hodiaŭ, la rakonto de Anubiso kaj Bata restas neŝanĝita, simbolo de eternaj valoroj kaj inspiro por ĉiuj, kiuj serĉas lumon en la ombroj de la mondo. Ili estas memorigilo, ke eĉ en la plej profundaj momentoj de malespero, la ligiloj de amo kaj lojaleco povas venki ĉiun malbonon, kaj ke vera kuraĝo venas el la koro.

1. amuleto - amulet
2. atesti - to testify, bear witness
3. celebrado - celebration
4. ĉefpastro - high priest
5. frateco - brotherhood
6. heroeco - heroism
7. inspiro - inspiration
8. justeco - justice
9. kuraĝo - courage
10. lojaleco - loyalty
11. malfacilaĵo - difficulty
12. memorigilo - reminder
13. perfido - betrayal
14. redempto - redemption
15. senĉesa - unceasing, endless

Isis kaj la Sep Skorpioj

La Forkuro de Isis

Estis iam en antikva Egiptujo, kie la magio kaj la dioj interplektiĝis kun la sorto de homoj. Iziso, la diino de magio, estis devigita forkuri por protekti sin kaj sian filon, Horuson, kontraŭ la malamikoj de sia edzo, Oziriso. Kun si, ŝi prenis sep skorpiojn, ĉiu kun sia unika kapablo por defendi kaj gvidi ŝin tra la danĝeroj, kiuj kuŝis antaŭe.

La skorpioj, nomitaj Tefen, Befen, Mestet, Mestetef, Petet, Theteth, kaj Setet, promesis protekti Izison kaj ŝian filon per ĉiu el siaj specialaj povoj. Dum ilia vojaĝo tra Egiptujo, la grupo renkontis diversajn personojn — kelkaj bonkoraj kaj gastemaj, aliaj timemaj kaj malafablaj.

Unu nokton, serĉante rifuĝon, ili alproksimiĝis al la domo de riĉa virino, kiu malĝentile malakceptis ilin. Tamen, malriĉa virino, vidante ilian mizeron, malavare malfermis sian hejmon al ili.

La skorpioj, kolere pro la maljusta traktado de la riĉa virino, decidis puni ŝin. Ili kunigis sian venenon por krei mortigan pikilon, kaj Tefen, la plej potenca inter ili, estis elektita por plenumi la punon. La virino estis pikita kaj tuj falis en gravan malsanon.

Kiam Iziso eksciis pri la ago de la skorpioj, ŝia koro pleniĝis per kompato por la virino. Malgraŭ la malbona ago farita kontraŭ ŝi kaj ŝiaj akompanantoj, Iziso decidis uzi sian magion por savi la virinon. "Eĉ fronte al malbono, ni devas elekti kompaton kaj pardonon," diris Iziso, dum ŝi aplikis sian magion kaj resanigis la virinon.

La ago de Iziso ne nur montris ŝian grandan koron, sed ankaŭ la forton de ŝia magio. De tiam, la historio de ŝia kompato kaj protekto disvastiĝis tra la lando, altigante ŝian estimon inter la popoloj de Egiptujo. Kaj tiel, la vojaĝo de Iziso kaj ŝiaj sep skorpioj daŭris, kun la scio, ke vera forto kuŝas en la kapablo elekti kompaton super venĝo.

1. aplikis - applied

2. bonkora - kind-hearted
3. danĝero - danger
4. defendi - to defend
5. dioino - goddess
6. gastema - hospitable
7. interplektiĝis - intertwined
8. kompato - compassion
9. magio - magic
10. malakceptemaj - rejecting
11. malsano - illness
12. mizeron - misery
13. pikilo - sting
14. promesis - promised
15. rifuĝon - refuge

La Potenco de Sanigo

Post kiam Iziso magie resanigis la riĉan virinon, ŝia famo kiel diino de magio kaj kompato rapide disvastiĝis tra Egiptujo. Homoj el ĉiuj anguloj de la lando komencis respekti kaj eĉ timi la grandajn povojn, kiujn Iziso posedis. Sed anstataŭ uzi sian potencon por regi aŭ venĝi, Iziso elektis instrui al la loĝantoj la valorojn de kompato kaj justeco.

Dum ili daŭrigis sian vojaĝon, la sep skorpioj ĉiam restis ĉe la flanko de Iziso kaj Horuso, protektante ilin kontraŭ ĉiaj minacoj. "Ni ĉiam estos ĉi tie por defendi vin," deklaris Tefen, la plej potenca el la skorpioj, al Iziso kaj ŝia filo.

Iziso, uzante sian vastan scion pri magio, ofte haltis por helpi tiujn, kiuj bezonis ŝian asistadon. Ĉu temis pri malsanuloj aŭ viktimoj de skorpiopikoj, Iziso aplikis sian magion por sanigi kaj konsoli ilin. Eventuale, ŝi kaj Horuso trovis sekuran lokon por vivi, kie ili povis esti en paco, for de la minacoj, kiuj persekutis ilin.

Konscia pri la konstanta danĝero de skorpiopikoj, Iziso kreis specialajn amuletojn, kiuj ofertis protekton kontraŭ tiaj venenaj pikoj. "Portu ĉi tion, kaj vi estos protektata kontraŭ la veneno de la skorpioj," ŝi diris al la dankemaj egiptoj, kiuj rapide komencis porti tiujn amuletojn por sia sekureco.

La sep skorpioj, nun venerataj kiel potencaj protektantoj, fariĝis simboloj de forto kaj gardado. Iziso ankaŭ dividis sian scion pri medicinaj plantoj, instruante al la popolo kiel utiligi la naturon por sanigi kaj protekti sin kontraŭ malsanoj.

La ligo inter Iziso kaj ŝiaj sep skorpioj fariĝis legenda, simbolo de protekto kaj gvidado tra la malfacilaĵoj de la vivo. Rakontoj pri iliaj heroaĵoj kaj la mirindaj sanigoj de Iziso disvastiĝis tra la tuta Egiptujo, inspirante la konstruadon de temploj dediĉitaj al la diino, kie homoj povis veni serĉi sanigon kaj spiritan protekton.

Vivante en paco kun sia filo Horuso, Iziso sentis profundan kontenton scii, ke ŝi kaj ŝiaj skorpioj helpis ŝanĝi la vivojn de multaj homoj. La heredaĵo de iliaj agoj, kunigante magion, saĝon, kaj kompaton, restis kiel lumturo por ĉiuj, kiuj serĉis gvidadon en la ombroj de la mondo.

1. amuletojn - amulets
2. asistadon - assistance
3. dankemaj - grateful
4. defendi - to defend
5. disvastiĝis - spread
6. gardado - guarding
7. kompato - compassion
8. loĝantoj - inhabitants
9. malsanuloj - sick people
10. minacoj - threats
11. respekti - to respect
12. sanigi - to heal
13. scion - knowledge
14. sekureco - safety
15. viktimoj - victims

La Heredaĵo de Isis

Tra la jarcentoj, la rakonto de Iziso kaj ŝiaj sep skorpioj evoluis el simpla legendo al fundamento de la egipta kulturo. La instruoj kaj agoj de la diino de magio, sanigo, kaj protekto inspiris generaciojn, formante la spiritan kaj kulturan vivon de antikva Egiptujo.

"Infanoj, hodiaŭ ni lernos pri la sep skorpioj, kiuj protektis la grandan diinon Iziso kaj ŝian filon Horuso," diris la instruisto, dum la okuloj de la junuloj brilis pro scivolemo. Ĉiu skorpio, kun sia unika nomo kaj povo, fariĝis simbolo de kuraĝo kaj persistemo.

Por honori Izison kaj ŝian kompatemon, la egiptoj ĉiujare organizis festivalojn plenajn de muziko, danco, kaj oferoj. "Ni festas la bonfaradon de Iziso, kiu per sia senlima kompato kaj magio gardas nin ĉiujn," proklamis la ceremoniestro, dum la aero pleniĝis per la aromo de incenso.

La artistoj de la epoko kreis majestajn verkojn, prezentante Izison ĉirkaŭitan de ŝiaj fidindaj skorpioj, ĉiu verko rakontante senmortan rakonton de protekto kaj magio. "Per mia arto, mi esperas kapti la esencon de Iziso kaj ŝiaj gardantoj," diris skulptisto, zorge formante la figuron de unu el la skorpioj.

La amuletoj de Iziso, benitaj per ŝiaj magiaj povoj, fariĝis esencaj por vojaĝantoj kaj tiuj serĉantaj protekton. "Portante ĉi tiun amuleton, vi portas la benon de Iziso kun vi," klarigis vendisto al kliento, montrante la delikatan juvelaĵon.

En la sanktejoj dediĉitaj al Iziso, pastroj kaj pastrinoj praktikis la antikvajn ritojn, gvidante la fidelulojn en preĝoj kaj meditadoj. "Ni petas vin, Iziso, por gvidado kaj protekto," ili kantis, etendante siajn manojn al la ĉielo.

La valoroj de kompato, justeco, kaj forto kontraŭ adverso, kiujn Iziso kaj ŝiaj skorpioj reprezentis, estis transdonitaj de generacio al generacio. "La rakonto de Iziso instruas al ni, ke en ĉiu el ni ekzistas la potenco superi niajn timojn kaj trovi nian internan forton," diris saĝulo al grupo de aŭskultantoj.

Iziso estis adorata kiel la ĉiela patrono de magio, sanigo, kaj protekto, ŝia influo kaj bonkoreco formante eternan parton de la egipta heredaĵo. La legendo de Iziso kaj ŝiaj sep skorpioj restis vivanta, simbolo de la senmorta spirito de la diino kaj ŝia eterna zorgo por la homaro.

1. Adorata - adored, worshipped
2. Aromo - aroma, scent
3. Benita - blessed
4. Ceremoniestro - master of ceremonies
5. Ĉiela - celestial, heavenly
6. Dediĉitaj - dedicated
7. Evoluis - evolved
8. Fideluloj - faithful, believers
9. Generacioj - generations
10. Heredaĵo - heritage, legacy
11. Instruoj - teachings, instructions
12. Kompato - compassion, mercy
13. Kuraĝo - courage
14. Persistemo - persistence, perseverance
15. Sanigo - healing

Thot kaj la Luno

La Ĉiela Konflikto

En la vasta ĉielo, Toto, la dio de saĝo kaj magio, observis la noktan ĉielon kun profunda intereso. La luno, brilanta fonto de lumo kaj mistero, elstaris en la mallumo, ĵetante sian arĝentan lumon super la teron. Subite, ekestis disputo inter la dioj pri kiu meritas regi tiun imponan lumkorpon. La argumentoj fariĝis pli kaj pli intensaj, ĉiu dio asertante sian rajton regi la lunon.

Toto, ĉiam la voĉo de saĝo kaj ekvilibro, paŝis antaŭen kun propono. "Kial ni ne solvu ĉi tiun konflikton per serio de defioj?" li sugestis, lia voĉo trankvila sed aŭtoritata. "La dio, kiu triumfos en inteligenteco, forto, kaj ruzo, regos la lunon." Liaj vortoj resonis ĉe la aliaj dioj, kiuj baldaŭ akceptis lian proponon. Kun ĉiu defio pretigita de Toto mem, la konkurso komenciĝis.

La defioj estis severaj, testante ĉiun aspekton de la kapabloj de la dioj. Unu post alia, ili batalis por pruvi sian superecon, sed Toto, kun sia senlima saĝo kaj magiaj scipovoj, venkis en ĉiu unu el ili. La aliaj dioj, kvankam unue skeptikaj, ne povis ne esti impresitaj de liaj kapabloj. Kun unuanima konsento, ili donis al li la rajton regi la lunon.

Kiel sia unua ago kiel ĝia reganto, Toto uzis siajn magiajn kapablojn por influi la ciklojn de la luno, kreante kalendaron bazitan sur ĝiaj fazoj. Tio ebligis al la egiptoj komenci mezuri tempon kun precizeco neniam antaŭe vidita. Li instruis al la homaro la signifon de la luno en iliaj vivoj, farante ĝin simbolo de saĝo kaj renoviĝo. Temploj dediĉitaj al Toto kaj al la luno estis konstruitaj, fariĝante lokoj de adorado kaj lernado.

La luno, nun sub la saĝa regado de Toto, fariĝis gvidilo por perditaj vojaĝantoj en la nokto, inspirfonto por poetoj kaj artistoj, kaj simbolo de protekto kontraŭ la danĝeroj de la mallumo. Agrikulturistoj sekvis ĝiajn ciklojn por gvidi siajn rikoltojn, kaj la plenluno estis vidata kiel tempo de pliigita povo por preĝoj kaj magio. Festivaloj en honoro de la luno kaj Toto celebris la interligon inter saĝo, magio, kaj la naturaj cikloj de la mondo.

Dum la tempo pasis, la kulto de Toto kaj la luno disvastiĝis tra la lando. Skribistoj kaj erudiciuloj rigardis lin kiel sian patronon, kaj la lunaj kalendaroj fariĝis esencaj por la ĉiutaga vivo. Rakontoj kaj legendoj pri Toto kaj la luno inspiris generaciojn, dum la lunaj temploj iĝis centroj de scio kaj magio. Infanoj lernis pri la fazoj de la luno kaj ilia signifo, kaj astronomoj studis la noktan ĉielon en honoro de Toto. La ritoj kaj festoj ĉirkaŭ la luno kunigis komunumojn, celebrante la misterojn kaj belecon de la ĉielo. Preĝoj al Toto petis saĝon, gvidadon, kaj klarecon, dum la luno daŭre estis simbolo de espero kaj renaskiĝo.

En ĉi tiu maniero, Toto kaj la luno iĝis eternaj simboloj en la egipta mitologio, gvidante la homaron tra la mallumo al la lumo de scio.

1. Adorado - worship, adoration
2. Agronomo - agronomist, farmer
3. Arĝenta - silver (adj.)
4. Aserti - to assert, claim
5. Ciklo - cycle
6. Disputo - dispute, argument
7. Ekvilibro - balance, equilibrium
8. Erudiciulo - scholar
9. Fazo - phase
10. Gvidilo - guide
11. Impresita - impressed
12. Intereso - interest
13. Kalendaro - calendar
14. Konflikto - conflict
15. Konsento - consent, agreement

La Benoj de la Luno

Sub la arĝenta lumo de la luno, Toto, la majesta reganto de la luno, zorge gardis la noktojn. Li uzis la mildan lunlumon por gvidi vojaĝantojn, kiuj perdis sian vojon en la mallumo. "Ne timu," li flustris tra la vento al maltrankvila vojaĝanto. "La lumo de la luno ĉiam montras la vojon hejmen."

Agrikulturistoj, observante la lunajn ciklojn, planis siajn semadon kaj rikolton. "Vidu," diris unu el ili, montrante al la plenluno. "Kiam la luno estas plena, estas tempo por rikolti. Kiam ĝi estas nova, ni semas." La luno, per sia konstanta ritmo, fariĝis fidinda gvidilo por ilia laboro.

Por protekti kontraŭ la noktaj danĝeroj, Toto kreis specialajn amuletojn. "Portu ĉi tiun," li diris, donante unu al juna infano, kiu timis la mallumon. "Ĝi protektos vin per la forto de la luno."

La beleco de la luno inspiris poetojn kaj artistojn, kiuj kreis verkojn plenajn de revo kaj imagado. "Kiel povas io esti tiel bela?" demandis juna poeto, skribante versojn sub la lunlumo. Toto ridetis, aŭdante la vortojn naskiĝintajn el sincera admiro.

Kiam disputoj ekestis inter la homoj, Toto intervenis, uzante la serenan lumon de la luno por mildigi kolerojn kaj malakordojn. "Sub la lumo de la luno, ĉiuj voĉoj estas aŭdataj egale," li deklaris, kaj la disputantoj trovis pacon en liaj vortoj.

Dum la plenluno, la preĝoj al Toto ŝajnis havi pli profundan forton. "Ho Toto," preĝis grupo de fideluloj, "donu al ni saĝon kaj protekton." Kaj Toto, sentante ilian sinceran fidelecon, benis ilin per pliigita klareco kaj forto.

Festivaloj dediĉitaj al la luno kaj al Toto estis okazoj de ĝojo kaj komuneco, celebrante la magion kaj saĝon, kiujn li alportis al iliaj vivoj. "Vivu Toto! Vivu la luno!" la homoj kriis, dancante sub la steloj.

En la sekreto de la nokto, Toto malkaŝis kaŝitajn verojn kaj sciojn, helpante tiujn, kiuj serĉis komprenon preter la videbla mondo. "Kion vi serĉas," li flustris al scivolema esploristo, "troviĝas en la ombroj, atendante esti malkovrita."

Sanigistoj, uzante la energion de la luno, trovis, ke iliaj rimedoj fariĝis pli efikaj. "La luno fortigas niajn sanigajn kapablojn," ili diris, kunmetante herbojn sub la nokta ĉielo.

La sonĝoj de homoj, precipe dum plenlunaj noktoj, estis pli vivaj kaj signifoplenaj. "Toto," petis dormanto, "gvidu min tra miaj sonĝoj." Kaj la dio de saĝo kaj magio mildigis ilian menson, malkaŝante mesaĝojn kaŝitajn en la profundo de iliaj sonĝoj.

Instruante respekton al la naturo kaj ĝiaj cikloj, Toto inspiris la homojn zorgi pri la mondo ĉirkaŭ ili. "La luno, kun ĝiaj fazoj, montras al ni la gravecon de ŝanĝo kaj renoviĝo," li klarigis al aŭskultanta homamaso.

Maristoj, fidante je la luno por navigi la vastajn marojn, sentis sekurecon en ĝia konstanta ĉeesto. "Sen la luno," konfesis kapitano al sia skipo, "ni estus perditaj en la senfinaj akvoj."

Amantoj, interŝanĝante promesojn sub la lunlumo, sentis siajn ligojn plifortigitaj de ĝia beno. "Via amo, kiel la luno, brilos eterne," ili flustris unu al la alia, iliaj koroj plenaj de espero kaj revoj.

La luno, sub la gvido kaj protekto de Toto, fariĝis simbolo de espero, renoviĝo, kaj senfina beleco. Ĝi lumis super la mondo, memorigante ĉiujn pri la neelĉerpebla saĝo kaj magio, kiujn ĝi reprezentis. Kaj tiel, la benoj de la luno tuŝis ĉiujn aspektojn de la vivo, gvidante la homaron tra la mallumo al la lumo de pli granda kompreno kaj harmonio.

1. Agrikulturistoj - farmers
2. Amuletojn - amulets
3. Arĝenta - silver
4. Dancante - dancing
5. Fideluloj - faithful/devotees
6. Flustris - whispered
7. Klarvido - clairvoyance
8. Mallumo - darkness
9. Maltrankvila - anxious
10. Maristoj - sailors
11. Plenluno - full moon
12. Renoviĝo - renewal
13. Rimedoj - remedies
14. Sanigistoj - healers
15. Sonĝoj - dreams

La Lunara Heredaĵo

Tra la pasintaj epokoj, la adorado de Toto kaj la luno disvastiĝis tra la lando, profunde enradikiĝante en la korojn kaj mensojn de la popolo. La skribistoj kaj erudiciuloj, ĉirkaŭitaj de libroj kaj skribaĵoj, altigis Toton al la statuso de sia plej adorata patrono. "Sen Toto," ili ofte diris unu al la alia, "nia scio kaj niaj skribaĵoj mankus de vera saĝo."

La lunaj kalendaroj fariĝis neanstataŭeblaj en la ĉiutaga vivo, gvidante ĉiujn en taskoj, de la plej simplaj ĝis la plej kompleksaj. "Vidu," instruis patrino al sia infano, "kiam la luno kreskas, ni plantas niajn semojn; kiam ĝi malkreskas, ni rikoltas." La cikloj de la luno eniris ĉiun aspekton de la vivo, estante inspiro kaj gvidilo por ĉiuj.

La rakontoj kaj legendoj pri Toto kaj la luno estis rakontataj kaj rerakontataj, spirante vivon en la historiojn kaj kulturon de la popolo. La infanoj, kun larĝe malfermitaj okuloj pro mirado, aŭskultis ĉe la fajro la rakontojn de siaj gepatroj. "Toto, per sia saĝo, gvidis la lunon kaj instruis al ni la valoron de tempo," ili lernis, sekvante la vojojn de siaj prauloj.

La temploj dediĉitaj al la luno kaj al Toto fariĝis centraj lokoj de scio kaj magio. Homoj venis el malproksimaj lokoj por studi la misterojn, kiujn ili enhavis. "En ĉi tiuj muroj," flustris pastro al junulo, "vi trovos la sekretojn de la universo, malkaŝitajn per la luno kaj Toto."

Infanoj lernis pri la fazoj de la luno kaj ilia signifo, rigardante supren al la nokta ĉielo kun scivolemo kaj admiro. "Ĉiu fazo," klarigis instruisto, "portas sian propran mesaĝon kaj tempon por agado aŭ meditado."

Astronomoj, kun siaj teleskopoj direktitaj al la steloj, studis la movadojn de la luno en honoro al Toto. "Li mem estas la plej granda astronomo," ili rimarkis, "gvidante nin por kompreni la ordon inter la ĉielaj korpoj."

Ritualoj dediĉitaj al la luno kaj al Toto estis plenumitaj kun granda zorgo kaj sindediĉo, invokante lian protekton kaj saĝon.

"Per ĉi tiuj agoj," deklaris pastro dum ceremonio, "ni alvokas la benojn de Toto kaj la luno, por ke ili ĉiam gvidu kaj protektu nin."

La ĝardenoj de la temploj, zorge kultivitaj laŭ la lunaj cikloj, floris kun nekredebla beleco. "Ĉiu planto," diris ĝardenisto, "estas semita kaj rikoltita sub la ĝusta luna fazo, harmoniigante nian laboron kun la ritmoj de la naturo."

La lunaj festoj kunigis komunumojn en spirito de festado kaj dankemo. "Hodiaŭ," anoncis la vilaĝestro, "ni ĝojas kune, honorante la lunon kaj Toton, kiuj donacas al ni siajn benojn kaj saĝon."

Preĝoj al Toto, plenaj de petoj por saĝo, gvidado, kaj klareco, estis oferitaj kun sincereco kaj espero. "Ho Toto," preĝis fidela sekvanto, "donu al ni la lumon por vidi la veron kaj la forton por sekvi la ĝustan vojon."

La misteroj de la luno, ĉiam plenaj de fascino kaj scivolemo, instigis senĉesan esploradon kaj malkovradon. "La luno," konstatis esploristo, "daŭre tenas sekretojn, kiujn ni nur komencis kompreni, gviditaj de la saĝo de Toto."

La instruoj de Toto pri ekvilibro kaj harmonio resonis tra la epokoj, inspirante la homojn vivi en paco kun si mem kaj kun la mondo ĉirkaŭ ili. "Li instruis al ni," meditis filozofo, "ke en ĉiu aspekto de la vivo, ekzistas momento por agado kaj momento por paŭzo, ĉiam en perfekta ekvilibro."

La luno, kiel simbolo de konado kaj ŝanĝo, brilis brile en la nokta ĉielo, eterna memorigilo pri la profunda konekto inter la homaro kaj la kosmo. Ĝi restis potenca simbolo de la senfinaj cikloj de la naturo kaj la vivo mem.

Toto kaj la luno, ĉiam interligitaj en la mitologio kaj la koroj de la popolo, gvidis la homaron el la ombroj en la lumon de scio kaj kompreno. Ili staris kiel gardantoj de la pasinteco, gvidantoj de la nuno, kaj inspiro por la estonteco, ilia heredaĵo eterna kaj iliaj donacoj senfinaj.

1. Apero - appearance

2. Beleco - beauty
3. Bovino - cow (for the form of Hathor)
4. Danco - dance
5. Danko - gratitude
6. Divina - divine
7. Fekundecon - fertility
8. Festado - celebration
9. Freskoj - frescoes
10. Konsilo - advice
11. Kornoj - horns
12. Malsano - illness
13. Medicino - medicine
14. Nutrado - nourishment
15. Postvivo - afterlife

Hathor: La Déesse de la Ĝojo

La Apero de Hathor

En la antikva egipta ĉielo naskiĝis neordinara diino, Hathor, portanta amo, beleco, kaj muziko. Ŝia apero estis festata tra la tuta lando, kiel la amata filino de la suna dio Ra. "Vidu," diris la pastroj, "la brilo de Hathor superas eĉ tiun de la plej klara stelo. Ŝi estas la lumo de nia vivo."

Kie ajn Hathor iris, ŝi kunportis la donacon de senfina ĝojo kaj festado. La egiptoj, en dankemo kaj admiro, konstruis grandiozajn templojn dediĉitajn al ŝi, ornamitajn per freskoj kaj oro, kie la sonoj de muziko kaj danco neniam ĉesis. "Per niaj kantoj kaj dancoj," ili diris, "ni honoras Hathor, la fonton de nia feliĉo."

Hathor mem instruis al la homoj la artojn de muziko kaj danco. "Dancu kun la koro," ŝi konsilis, "kaj viaj movoj reflektos la veran belecon de via animo." Sub ŝia gvido, la egiptoj malkovris novajn manierojn esprimi sin kaj konektiĝi kun la dia mondo.

La diino ofte estis bildigita kun la ikonaj kornoj de bovino kaj disko de la suno, simboloj de ŝia protekto kaj nutrado. Dum ŝiaj vojaĝoj tra Egiptujo, Hathor disvastigis amon kaj feliĉon, tuŝante la korojn de ĉiuj, kiujn ŝi renkontis. "Via amo kaj ĝojo alportas lumon en niajn vivojn," diris virino, al kiu Hathor helpis trovi veran amon.

La festadoj en ŝia honoro estis plenaj de vivo, kun kantado kaj dancado, kiuj daŭris ĝis la fruaj horoj de la mateno. Hathor, per siaj magiaj kantoj, havis la potencon sanigi korpojn kaj animojn. "Via voĉo," diris viro, kies malsano estis forigita per ŝia kanto, "estas pli potenca ol la plej forta medicino."

Artizanoj kaj mineistoj ankaŭ adoris Hathor, alvokante ŝian protekton dum siaj malfacilaj taskoj. En ŝia plej amata formo de bovino, Hathor simbolis fekundecon kaj nutradon, inspirante la popolon respekti kaj adori la forton de ina kreemo.

Pilgrimantoj el ĉiuj anguloj de Egiptujo vojaĝis al ŝiaj sanktejoj, serĉante la benojn kaj konsilon de la diino. "Hathor, gvidu nin," ili preĝis, "kaj plenigu niajn korojn per via amo kaj lumo."

Kiel la gardanto de la okcidento, Hathor ankaŭ akceptis la animojn de la mortintoj, gvidante ilin al la paco de la postvivo. La ĝojo, kiun ŝi alportis al la vivoj de la vivantoj, estis nur egala al la konsolo kaj protekto, kiun ŝi provizis al tiuj, kiuj transiris la limon de la morto.

La festadoj en ŝia honoro estis inter la plej lumplenaj kaj ĝojplenaj eventoj en Egiptujo, simboloj de la senlima amo kaj beleco, kiujn Hathor alportis al la mondo. "Per Hathor," diris la egiptoj, "ni lernas vivi kun ĝojo kaj ami unu la alian, ĉar ŝi estas la vero kaj la lumo de niaj koroj."

1. Apero - appearance
2. Beleco - beauty
3. Bovino - cow (for the form of Hathor)
4. Danco - dance
5. Danko - gratitude
6. Divina - divine
7. Fekundecon - fertility
8. Festado - celebration
9. Freskoj - frescoes
10. Konsilo - advice
11. Kornoj - horns
12. Malsano - illness
13. Medicino - medicine
14. Nutrado - nourishment
15. Postvivo - afterlife

La Instruoj de Hathor

En la koro de antikva Egiptio, Hathor, la diino de amo kaj ĝojo, disvastigis siajn instruojn al ĉiuj, kiuj serĉis pli helan vojon en la vivo. "La beleco," ŝi diris al grupo de adorantoj, "ne estas nur en tio, kion vi vidas ekstere, sed ankaŭ en la lumo, kiun vi portas en via koro."

Al muzikistoj kaj artistoj, kiuj venis al ŝi serĉante inspiron, Hathor malkaŝis la sekreton de vera arto. "Lasu vian spiriton flui tra viaj kreaĵoj," ŝi konsilis, "ĉar ĉiu noto de muziko kaj ĉiu penikstreko daŭrigas la dancon de la universo."

La diino ankaŭ emfazis la gravecon de familio kaj amaj ligoj. Dum vizito al juna paro, ŝi benis ilian unuiĝon, dirante, "La forto de amo superas ĉiujn barojn, kaj en unueco, vi trovos nevenkeblan potencon."

Hathor, kun sia senfina kompato, gvidis la animojn de la forpasintoj al la lumo, flustrante dolĉajn vortojn de konsolo al tiuj, kiuj troviĝis en la ombroj de malĝojo. "Ne timu," ŝi diris al maljuna viro, kiu timis la nekonatan vojaĝon, "mi estos kun vi, gvidante vin hejmen."

Al tiuj, kiuj laboris la teron kaj respektis ĉiujn vivantajn estaĵojn, Hathor instruis la valoron de interkonektiteco. "Ĉiu floro, ĉiu besto, kaj ĉiu homo," ŝi diris al grupo de infanoj, "estas parto de la granda ciklo de la vivo, kaj ĉiu meritas nian respekton kaj zorgon."

La diino estis ankaŭ fonto de saĝo kaj gvido por tiuj, kiuj serĉis scion pri la steloj kaj la misteroj de la estonteco. "La ĉielo," ŝi diris al juna astronomo, "estas libro, kiu atendas, ke ĝiaj sekretoj estu malkovritaj. Sed memoru, ke la plej grandaj misteroj troviĝas ene de vi."

Dum festoj dediĉitaj al Hathor, la tuta komunumo kunvenis en spirito de ĝojo kaj frateco. "Hodiaŭ," proklamis la vilaĝestro, "ni honoras Hathoron, kiu instruis al ni la vojon de amo kaj lumo. Per niaj kantoj kaj dancoj, ni esprimas nian dankon kaj adoron."

Kiam malĝojo kaj malfeliĉo minacis engluti la korojn de la homoj, Hathor estis tie, oferante konsolon kaj esperon. Al virino, kiu travivis profundan perdon, Hathor diris, "La nokto povas ŝajni senfina, sed memoru, ke post la plej malluma horo, ĉiam venas la tagiĝo."

Eĉ hodiaŭ, la instruoj kaj benoj de Hathor resonas tra la tempo, inspirante novajn generaciojn serĉi la lumon ene de si kaj disvastigi ĝojon kaj amon en la mondo ĉirkaŭ ili. La heredaĵo de Hathor, la diino de ĝojo, estas eterna kanto, kiu daŭre gvidas la homaron sur la vojo de beleco, arto, kaj harmonio.

1. Adorantoj - worshippers
2. Amaj ligoj - loving connections
3. Animoj - souls
4. Artistoj - artists
5. Barojn - barriers
6. Danco - dance
7. Estonteco - future
8. Forpasintoj - the deceased
9. Interkonektiteco - interconnectedness
10. Kompato - compassion
11. Kreaĵoj - creations
12. Muzikistoj - musicians
13. Resonas - resonate
14. Spirito - spirit
15. Unuiĝon - union

La Heredaĵo de Hathor

Tra la jarcentoj, la temploj dediĉitaj al Hathor transformiĝis en lumturojn de kulturo kaj lernado, kie generacioj da serĉantoj kaj scivolemuloj trovis rifuĝon kaj inspiron. "En ĉi tiuj sanktaj haloj," diris la ĉefa pastro, "la spirito de Hathor vivas, gvidante nin al pli alta kompreno kaj harmonio."

Statuoj kaj amuletoj portantaj la bildon de Hathor estis zorge konservitaj kiel potencaj talismanoj, donante protekton kaj bonŝancon al tiuj, kiuj portis ilin. "Ĉi tiu amuleto," diris patrino al sia filino, "simbolas la protekton kaj amon de Hathor. Portu ĝin ĉiam, kaj vi neniam estos sola."

La procesioj en honoro de Hathor estis spektakloj de ĝojo kaj koloro, trairante la urbojn kaj vilaĝojn, kunigante komunumojn en komuna festado. "Hodiaŭ," proklamis la urbestro, "ni marŝas kune en la lumo de Hathor, festante la belecon kaj ĝojon, kiujn ŝi alportas en niajn vivojn."

Naskiĝoj kaj naskiĝtagoj estis aparte sanktaj okazoj, kiam Hathor estis invokita por beni novajn vivojn kaj la jarajn turnopunktojn. "Dankon, Hathor," flustris junulo, celebrante sian naskiĝtagon, "pro via senĉesa gvido kaj protekto."

La kulto de Hathor etendiĝis preter la limoj de Egiptujo, disvastigante ŝian mesaĝon de amo kaj ĝojo al malproksimaj landoj. "Ni lernis pri Hathor," diris fremda diplomato, "kaj nun ni ankaŭ festas ŝian spiriton en nia propra regno."

Historiistoj kaj arkeologoj malkovris profundajn sciojn pri la praktikoj kaj kredoj ligitaj al Hathor, riĉigante nian komprenon de la antikva mondo. "La influo de Hathor," notis eminenta arkeologo, "estas videbla tra la tuta historio de Egiptujo kaj preter."

Muzeoj tra la mondo fieras prezenti la artaĵojn kaj trezorojn dediĉitajn al Hathor, allogante vizitantojn el ĉiuj anguloj de la tero. "Vidu," diris muzeogvidisto al grupo de vizitantoj, "ĉi tiuj estas la donacoj de Hathor al la homaro, simboloj de ŝia eterna beleco kaj ĝojo."

Esploristoj studis la vastan efikon de Hathor sur artaj kaj spiritaj praktikoj, malkaŝante la fontojn de inspiro, kiuj daŭre nutras modernajn kreantojn. "La mitoj kaj simboloj de Hathor," diris universitata profesoro, "provizas neelĉerpeblan fonton de inspiro por artistoj kaj pensuloj."

Hathor restis konstanta simbolo de femineco, beleco, kaj interna forto, inspirante virinojn tra la jarcentoj por stari kun gracio kaj potenco. "En Hathor," diris gvidantino de virina rajtgrupo, "ni trovas la forton por alfronti niajn defiojn kaj vivi niajn verojn."

Festivaloj kaj modernaj celebradoj, inspiritaj de la antikvaj honoroj al Hathor, alportas komunan senton de komunumo kaj ĝojo, revivigante la spiriton de la diino en niaj tempoj. "Per niaj festadoj," diris organizanto de kultura festivalo, "ni rememoras la senfinan ĝojon kaj amon, kiujn Hathor disvastigas."

Meditado kaj sanigaj praktikoj, serĉante la energion de Hathor, ofertas pacon kaj konsolon al multaj serĉantaj spiritan ekvilibron. "En la trankvilo," diris meditaciinstruisto, "ni povas konektiĝi kun la ĝentila forto de Hathor, gvidante nin al pli profunda kompreno kaj harmonio."

La poezio kaj kantoj dediĉitaj al Hathor hodiaŭ daŭre vibras kun la potenco tiri la kordojn de la koro, disvastigante ŝian mesaĝon de amo kaj harmonio. "Per niaj vortoj kaj melodioj," diris kantisto, "ni honoras Hathor, la eterna fonto de ĝojo kaj inspiro."

La heredaĵo de Hathor, kiel la diino de ĝojo kaj amo, daŭras tra la jarcentoj, lumigante la vojojn de tiuj, kiuj sekvas ŝian lumon. En ĉiu gesto de amo, en ĉiu momento de ĝojo, ŝia spirito daŭre resonas, gvidante la homaron al pli lumigita kaj unuigita estonteco.

1. Amuletoj - amulets
2. Arkeologoj - archaeologists
3. Artaj - artistic
4. Benŝancon - good luck
5. Celebradoj - celebrations
6. Femineco - femininity
7. Festado - celebration
8. Gvidanto - leader
9. Haloj - halls
10. Historiistoj - historians
11. Kompreno - understanding
12. Kulturo - culture
13. Lumturojn - lighthouses (figuratively, beacons)
14. Procesioj - processions
15. Talismanoj - talismans

Ra kaj la Homara Pereo

La Regado de Ra

En antikva Egiptio, sub la arda suno, regis dio nomata Ra. Li estis la dio de la suno, la plej adorata kaj potenca inter ĉiuj dioj. La loĝantoj de la lando profunde respektis kaj adoris lin, konsiderante lin sia gvidanto kaj gardanto.

Sed kun la pasantaj jaroj, Ra maljuniĝis kaj iĝis pli malforta. Tio ne restis nerimarkita de la homoj, kiuj komencis dubi lian kapablon regi. Iom post iom, malkontento kreskis inter la popolo, kaj kelkaj eĉ aŭdace ribelis kontraŭ liaj ordonoj.

Vortoj de mokado kaj defio atingis la orelojn de Ra, profunde vundante lian koron. Ne kapablante toleri tian senrespekton, li kunvokis konsilion kun la aliaj dioj, inkluzive de Iziso, Oziriso, kaj Toto, por diskuti la situacion. Dum la renkontiĝo, Ra esprimis sian doloron kaj decidon puni la homaron pro ilia malobeemo.

Li kreis Sekhmet, teruran leoninan diinon, kies sola celo estis plenumi lian venĝon kontraŭ la ribelemaj homoj. Sekhmet malsupreniris al la tero kun nehaltigebla furiozo, komencante senkompatan amasmortigon. La tero tremis sub ŝia kolero, kaj la riveroj ruĝiĝis pro la sango de senkulpaj viktimoj.

La situacio rapide fariĝis katastrofa, kun ĉiea kaoso kaj timo. La homoj, nun konfrontitaj kun la savereco de siaj agoj, kolektiĝis por preĝi al Ra, petante lin haltigi la masakron kaj pardoni ilian ribelemon.

Vidante la vastan detruon, kiun li mem ordonis, Ra sentis profundan bedaŭron pri siaj agoj. Li komprenis, ke lia decido, kvankam motivita de deziro restarigi ordon, nur kondukis al sensenca perdo de vivoj.

Nun, fronte al la konsekvencoj de sia kolero, Ra serĉis manieron solvi la situacion sen malhonorigi la aliajn diojn aŭ nuligi sian aŭtoritaton. La solvo postulis saĝecon kaj kompaton, trajtojn, kiujn li devis ree malkovri en sia koro.

Ĉi tiu ĉapitro malfermas la rakonton de Ra, dio, kies regado kaj decidoj profundigis la rilaton inter la ĉiela kaj tera mondoj, kondukante lin al vojaĝo de memo-esplorado kaj transformo. La sekvoj de liaj elektoj ne nur formis la estontecon de la homaro sed ankaŭ influis la komprenon de la dioj pri sia rolo kaj respondeco en la universo.

1. Amasmortigon - mass killing
2. Aŭtoritaton - authority
3. Gardanto - guardian
4. Gvidanto - leader
5. Homaro - humanity
6. Konsiladon - council
7. Leonindian - lion-like
8. Maljuniĝis - aged
9. Malkontento - discontent
10. Memo-esplorado - self-exploration
11. Neĥaltigebla - unstoppable
12. Pereo - destruction
13. Regado - reign
14. Ribelo - rebellion
15. Senkompatan - merciless

La Kompatemo de Ra

Post la terura masakro iniciatita de Sekhmet, Ra profunde pripensis kiel haltigi ŝin sen vundi la sentojn de la aliaj dioj. Li devis agi saĝe kaj kun koro plena de kompato por savi la homaron kaj restarigi pacon.

"Ni devas trovi manieron haltigi ŝin, sed kun subtileco," Ra diris al siaj konsilantoj. Li ordonis al siaj servantoj prepari specialan bieron, kiu aspektis kiel sango, sed estis fakte plena de grenatfarbo kaj alkoholo. "Verŝu ĝin sur la batalkampojn," li instrukciis, esperante trompi Sekhmet.

Kiam Sekhmet vidis la ruĝajn riveretojn sur la tero, ŝi pensis, ke ŝi trovis pli da homa sango kaj avideme trinkis la bieron. Post kelka tempo, ŝia furiozo malfortiĝis, kaj ŝi falis en profundan dormon.

Profitante tiun ŝancon, Ra proksimiĝis al la dormanta Sekhmet kaj per magia gesto transformis ŝin en Hathor, la diino de amo kaj ĝojo. "Vi nun estas Hathor, simbolo de amo kaj protekto, ne plu portanto de morto," li flustris al ŝi.

Vekiĝinte, Hathor sentis sin konfuzita, sed sen iu ajn deziro damaĝi. Ra klarigis al ŝi ŝian novan rolon kaj mision protekti la homaron. "Vi devas nun esti gardanto de la homoj, ne ilia detruinto," li diris.

La homoj, eksciinte pri la ŝanĝo de Sekhmet al Hathor, plenigis la aeron per dankopreĝoj al Ra. "Ni promesas denove honori vin, Ra, kaj dankas vin pro via kompato," ili diris kun ĝojo kaj solena respekto.

Per ĉi tiu ago, Ra ekkomprenis la profundan signifon de kompato kaj kompreno. Li lernis, ke puno ne ĉiam estas la solvo kaj ke foje, kompato povas esti multe pli potenca ilo por atingi pacon kaj harmonion.

La dioj kaj homoj trovis novan bazon por sia rilato, kiu nun estis konstruita sur reciproka respekto kaj kompreno. Ra, konscia pri siaj antaŭaj eraroj, decidis regi kun pli milda mano, montrante pli grandan saĝecon en siaj decidoj.

Por honori la novan epokon de paco kaj kompato, la homoj konstruis templojn dediĉitajn al Ra kaj Hathor, simboloj de ilia dankemo kaj renovigita fido. La paco, kiun Ra restarigis en Egiptujo, fariĝis simbolo de lia eterna protekto kaj boneco, memoro, kiu vivos en la koroj de ĉiuj por ĉiam.

1. Avido - eagerness
2. Batalkampojn - battlefields
3. Bieregon - beer
4. Detruinto - destroyer
5. Dormon - sleep
6. Furiozo - fury
7. Gardanto - guardian
8. Grenatfarbo - dye
9. Kompato - compassion

10. Konsilantoj - advisors
11. Masakro - massacre
12. Meditis - meditated
13. Misericordo - mercy
14. Riveretojn - streams
15. Subtileco - subtlety

Lernitaj Lecionoj

La rakonto pri Ra kaj Sekhmet rapide fariĝis legendo en la koroj de la antikvaj egiptoj. Ĝi estis transdonata tra generacioj kiel potenca memorigilo pri la valoro de humileco kaj respekto.

Infanaj okuloj briletis kun scivolemo dum ili aŭskultis siajn gepatrojn kaj instruistojn rakonti pri la tempo, kiam eĉ la plej potencaj dioj povis erari. "Vidu, infanoj," diris instruisto dum leciono, "eĉ dioj devas lerni kaj kreski. Tial, ni ĉiuj devas praktiki humilecon kaj kompaton en niaj vivoj."

La temploj de Egiptujo, plenaj de sereneco kaj paco, fariĝis lokoj por mediti pri la gravaj valoroj de pardono kaj kompato. Fideluloj kaj serĉantoj de spirita gvido kolektiĝis por aŭdi la pastrojn paroli pri la profunda transformo de Ra. "Tra liaj agoj," diris pastro dum prediko, "Ra montris al ni, ke vera potenco venas el la kapablo kompreni kaj pardoni."

Festoj en honoro de Hathor, la diino de amo kaj ĝojo, plenigis la aeron kun kantoj kaj dancoj, simbolante la triumfon de amo super kolero. "Ĉi tiuj festadoj," klarigis patrino al sia filino, "memorigas nin pri la beleco kaj forto de amo, kiu povas ŝanĝi la mondon."

Artistoj kreis inspirajn verkojn prezentantajn la metamorfozon de Sekhmet en Hathor, ilustrante la potencon de transformo kaj renoviĝo. "Per mia arto," diris fama skulptisto, "mi esperas disvastigi la mesaĝon, ke ĉiu el ni kapablas ŝanĝiĝi por la pli bono."

Skribistoj diligente dokumentis ĉi tiun historion sur papiroj, certigante, ke la lecionoj de la pasinteco ne estu forgesitaj. "Ni skribas," diris skribisto al sia lernanto, "por ke niaj posteuloj povu lerni de la saĝo de Ra kaj Sekhmet, kaj plibonigi siajn proprajn vivojn."

Komercistoj disvastigis la rakonton tra la lando kaj preter, portante la instruojn de Ra kaj Sekhmet al malproksimaj anguloj de la mondo. "Per niaj vojaĝoj," diris komercisto, "ni dissemas la semojn de saĝo kaj kompreno, kiuj povas floradi en la koroj de ĉiuj."

Regantoj kaj gvidantoj serĉis inspiron en la agoj de Ra, lernante regi kun justeco kaj bonkoreco. "La rakonto de Ra," konfesis reĝo al sia konsilantaro, "instruis al mi, ke vera gvidado postulas kompaton kaj la kapablon aŭskulti la bezonojn de mia popolo."

La socio kiel tuto venis valorigi la gravecon de pardono kaj persona kresko, rekonante, ke evoluo kaj kompreno estas esencaj por harmonia kunvivado. "Ni ĉiuj povas lerni de niaj eraroj," meditis komunuma gvidanto, "kaj kune ni povas konstrui pli justan kaj pacan mondon."

Konfliktoj estis solvitaj kun nova emfazo sur dialogo kaj reciproka kompreno, kaj religiaj ceremonioj ofte inkluzivis preĝojn por paco kaj unueco. "Ni petas," diris la komunumo dum ceremonio, "ke la spirito de Hathor gvidu nin al amo kaj paco inter ni ĉiuj."

La influo de la legendo sur politikaj kaj sociaj decidoj helpis promocii diplomation kaj kunlaboron, kaj Egiptujo prosperis, fortigita de la kolektivaj lecionoj lernitaj de la rakonto de Ra kaj Sekhmet. "Ni estas benitaj," deklaris la faraono, "vivi en epoko, kie la pasintaj eraroj instruis al ni la vojon al pli brila estonteco."

Kaj tiel, la rakonto de Ra kaj Sekhmet restis vivanta en la koroj kaj mensoj de la egiptoj, eterna simbolo de la potenco de ŝanĝo, la graveco de saĝo, kaj la senfina kapablo de la homaro kaj la dioj lerni, kreski, kaj finfine trovi pacon kaj harmonion inter si.

1. Briletis - sparkled
2. Diligente - diligently
3. Fideluloj - faithfuls

4. Festoj - festivals
5. Humileco - humility
6. Komercoj - trades
7. Kompato - compassion
8. Memorigilo - reminder
9. Metamorfozon - metamorphosis
10. Papiroj - papyri
11. Pardono - forgiveness
12. Pristojn - priests
13. Renoviĝo - renewal
14. Sereneco - serenity
15. Skribistoj - scribes

La Nokta Vojaĝo de Bastet

La Foriro de Bastet

Bastet, la amata diino de hejmo, fekundeco, kaj katoj, preparis sin por sia ĉiunokta tasko. Ŝi estis konata tra la tuta Egiptujo pro sia protekto kontraŭ malbonaj spiritoj kaj sia amo al ĉiuj katoj.

"Estas tempo," ŝi murmuris al si mem, transformiĝante en eleganta nigra kato. Ŝia transformo estis sekreta rito, permesanta al ŝi moviĝi nerimarkite inter la mortemuloj.

Ĉirkaŭ ŝi, la aliaj dioj klinsalutis, murmuretante bondezirojn por ŝia vojaĝo. "Bonŝancon, Bastet," ili ĝentile diris, konante la gravecon de ŝia misio.

Tra la dormantaj stratoj de la urboj, Bastet paŝis kun gracio, ŝiaj okuloj brilantaj verde en la nokto. Ŝi estis la gardanto, la protektanto kontraŭ ĉiu malbono, kiu minacis la pacon de la hejmoj.

Ŝiaj sensoj estis akrigitaj al la plej eta susuro de danĝero, preta reagi kontraŭ ĉia minaco. La urbo-katoj, sentante ŝian ĉeeston, kunvenis ĉirkaŭ ŝi, kiel armeo preta defendi siajn teritoriojn.

Unue, Bastet vizitis la hejmojn de la plej vundeblaj: la infanoj kaj la malsanuloj. "Vi estas sekuraj sub mia gardado," ŝi flustris, transirante de ĉambro al ĉambro, disvastigante sian protektan energion.

Ŝia batalo kontraŭ serpentoj kaj skorpioj estis senĉesa, ĉiu nokto renovigante ŝian devon gardi la hejmojn liberaj de tiuj minacoj. Eĉ la rikoltoj trovis pacon sub ŝia zorgema rigardo, protektitaj kontraŭ la danĝeroj, kiuj povus ilin minaci.

Dum ŝi trairis la stratojn, tiuj malmultaj, kiuj hazarde vekiĝis kaj vidis ŝian pasantan ombron, sentis ondon de trankvilo kaj sekureco. Bastet, per sia sola ĉeesto, disvastigis pacon tra la nokto.

Kiam la unuaj signoj de la tagiĝo komencis aperi, ŝi silente revenis al la regno de la dioj, ŝia tasko plenumita por alia nokto. La suno leviĝis, sigelante ŝian promeson reveni kiam la mondo denove falos en mallumon.

La ĉiutaga reveno de Bastet ne nur simbolis ŝian eternan devontigon al la protekto de la mortemuloj sed ankaŭ la senĉesan ciklon de nokto kaj tago, de mallumo al lumo, sub la vigla okulo de la diino de hejmo kaj katoj.

1. Adorata - adored
2. Batalo - battle
3. Bonŝancon - good luck
4. Dormantaj - dormant
5. Fekundeco - fertility
6. Gracio - grace
7. Hejmo - home
8. Katoj - cats
9. Murmuregante - murmuring
10. Neobservate - unobserved
11. Protekto - protection
12. Rikoltoj - harvests
13. Serpentoj - snakes
14. Skorpioj - scorpions
15. Vulnerablaj - vulnerable

La Provokoj de Bastet

Dum unu aparte malluma nokto, Bastet sentis en la aero malbonan forton, pli potencan ol iam ajn antaŭe. Malbona ento transiris la limon inter la mondoj, serĉante disvastigi ĥaoson kaj timon inter la homoj.

"Bastet, vi devas trovi kaj haltigi tiun demonon," flustris la vento, portante averton al ŝiaj oreloj. Kun firmeco en sia koro, Bastet alvokis la helpon de ĉiuj katoj en la ĉirkaŭaĵo. "Miaj fidelaj amikoj," ŝi diris, "ni havas gravan taskon ĉi-nokte."

La demono, kaŝita en la ombroj, malfaciligis sian trovon, nutrante sin per la maltrankvilo kaj kolero de la homoj. Sed Bastet, gvidata de sia instinkto kaj la kuniĝinta forto de ŝiaj katoj, trovis lin sub la pala lumo de la luno.

Komenciĝis epika kaj furioza batalo, kun Bastet uzante ĉiun eron de sia magia potenco kontraŭ la malamiko. La katoj, malgraŭ sia malgranda grandeco, batalis kun kuraĝo, montrante sian nediskuteblan lojalecon.

Post longa lukto, Bastet venkis, enfermante la demonon ene de amuleto. "Vi nun estas malliberigita por ĉiam," ŝi deklaris, sigelante la amuleton per antikva sorĉo.

La diino poste alportis la amuleton al fidinda pastro. "Gardu ĝin sekure en la templo," ŝi petis, "ĝi ne plu povas kaŭzi damaĝon, sed ni devas resti viglaj."

Kun siaj magiaj povoj, Bastet resanigis tiujn, kiujn la demono vundis, kaj trankviligis la timigitajn. "Ne timu plu," ŝi diris, "la malbono estas venkita."

Ŝia heroaĵo estis laŭdata de ĉiuj, kaj la katoj ricevis specialan honoron en la komunumo, rekonataj kiel gardantoj de la hejmo kaj simboloj de Bastet mem.

Antaŭ ol ŝi foriris, Bastet faris solenan promeson: "Dum mi viglas, neniu malbono triumfos kontraŭ vi." Kun tiuj vortoj, ŝi rekomencis sian noktan patroladon, ĉiam atentema al la sekureco de la homoj.

La paco, nun restarigita, permesis al Bastet daŭrigi sian mision de kvietigo, ĉiam preta protekti kaj servadi. Ĉiu nokto, ŝi eliris, ne nur kiel gardanto kontraŭ malbono, sed ankaŭ kiel simbolo de la eterna batalo inter lumo kaj mallumo, bono kaj malbono, kun la certeco, ke amikeco kaj kuraĝo povas superi ajnan defion.

1. Amikeco - friendship
2. Averton - warning
3. Batalo - battle
4. Decido - decision
5. Demono - demon
6. Ento - entity
7. Fidelaj - loyal
8. Kuraĝo - courage

9. Lojalecon - loyalty
10. Magia - magical
11. Malliberigita - imprisoned
12. Malkovron - discovery
13. Misiokvietigon - mission's continuation
14. Resanigis - healed
15. Viglaj - vigilant

La Reveno de Bastet

Tra la jarcentoj, la figuro de Bastet transformiĝis de diino en legendon, profunde enradikiĝinta en la koroj kaj mensoj de la homoj. Ŝiaj noktaj vojaĝoj fariĝis parto de la ĉiutaga vivo, simbolo de protekto kaj espero por ĉiuj.

En ĉiu hejmo, malgrandaj statuetoj de katoj staris fieraj ĉe la fenestroj, gardante kontraŭ malbono, ĉiu omaĝo al Bastet. "Ĉu vi pensas, ke Bastet vere vizitos nin ĉi-nokte?" infano demandis sian patron, rigardante eksteren esperante vidi la brilantajn okulojn de la diino.

Nokte, dum Bastet trairis la teron, ŝi ne nur protektis la dormantojn, sed ankaŭ plifortigis la nesolveblan ligon inter la ĉielo kaj la tero. "Via laboro estas grava, Bastet," flustris la vento, portante la dankemon de la dioj kaj la homoj egale.

Ŝi instruis la valoron de hejma protekto kaj familia amo, mesaĝon, kiun la pastroj zorge disvastigis. "Ni petas vin, Bastet, benu niajn hejmojn kaj familiojn," ili preĝis, lumigante kandelojn en ŝia honoro.

Artistoj kaptis la esencon de ŝiaj heroaĵoj sur tolo kaj papiruso, inspirante generaciojn per la rakontoj de ŝia kuraĝo kaj mizerikordo. "Vidu, kiel ŝi batalas por ni," diris pentristo al sia lernanto, "ŝia spirito vivas en nia arto."

La rakontoj pri ŝiaj noktaj aventuroj estis transdonitaj de avoj al nepoj, ĉiu generacio aldonante sian propran tonon al la legendo. "Bastet gardas nin," diris patrino al siaj infanoj, "kaj per ŝia saĝo kaj protekto, ni trovas pacon kaj sekurecon."

Bastet fariĝis la personigo de ĉio, kio estas bonvola, forta, kaj protekta. Ŝia vojaĝo simbolis la eternan ciklon de vivo, morto, kaj renaskiĝo, instruante al la homoj la gravecon de novaj komencoj kaj la forton troviĝantan en renoviĝo.

La steloj, kiuj brilis supre en la nokta ĉielo, estis konsiderataj kiel la gvidantoj de Bastet, lumigante ŝian vojon tra la mallumo. Ĉiu mateno, kiam ŝi revenis al la ĉiela regno, trankvila paco disvastiĝis tra la mondo, promesante la ĉiaman ĉeeston kaj amon de Bastet.

La homoj de Egiptujo sciis, ke ili estas zorge amataj kaj protektataj de Bastet, iliaj koroj plenaj de dankemo kaj amo. "Ni estas vere benitaj," ili diris, "havi tian gardanton."

Bastet, kun ŝia eterna amo al la homaro kaj al la katoj, promesis resti ĉiam vigla, gardante ilin kontraŭ la ombroj de la nokto. Neniam tremu sub la mallumo, ĉar Bastet, la eterna gardanto, ĉiam vojaĝos tra la nokto, portante lumon, esperon, kaj protekton al ĉiuj, kiuj vokas ŝian nomon.

1. Aventuroj - adventures
2. Bonvola - benevolent
3. Brilantajn - shining
4. Espero - hope
5. Familian amon - family love
6. Fidelaj - faithful
7. Gardanto - guardian
8. Hejma protekto - home protection
9. Kandelojn - candles
10. Kuraĝo - courage
11. Mizerikordo - mercy
12. Nesolveblan - inseparable
13. Pristoj - priests
14. Renaskiĝo - rebirth
15. Statuetoj - statuettes

La Kreo de la Mondo

La Komenco

En la komenco de ĉio ekzistis nur ĥaoso, senfina maro nomata Nun, kie regis absoluta malordo. En tiu senlima akvo subite elstaris monteto, kiel la unua signo de vivo kaj ordo en la senfinaj ondoj de la Nun.

Sur tiu unua tero manifestiĝis la dio Atoum, memkreita, starante sole en la senlimeco. Li, la fonto de ĉio estonta, faris la unuan agon de kreo. Per simpla ago de volo, Atoum elspiris la vivon en la formo de Shou, la dio de la aero, kaj per sia spiro, li naskis Tefnout, la diinon de humideco.

Shou kaj Tefnout, plenaj de scivolemo, foriris por esplori la vastan ĥaoson, sed baldaŭ perdiĝis en ĝiaj senfinaj profundoj. Ilia malapero plenigis Atoumon per zorgo, puŝante lin sendi sian propran okulon por serĉi kaj gvidi ilin hejmen. Ilia reveno alportis tian ĝojon al Atoum, ke liaj larmoj, falantaj sur la teron, kreis la unuajn virojn kaj virinojn.

El la unio de Shou kaj Tefnout naskiĝis Geb, la dio de la tero, kaj Nout, la diino de la ĉielo, iliaj infanoj reprezentante la fundamentajn elementojn de la mondo. Geb kaj Nout, en sia amo, havis kvar infanojn: Osiris, la estonta reĝo de la tero; Isis, lia amata reĝino; Seth, la figuro de ĵaluzo kaj konflikto; kaj Nephthys, la subtenanto de sia familio.

Osiris regis la teron kun justeco kaj kompato, akceptante Isisin kiel sian reĝinon kaj eternan amatinon. Sed en la ombroj, Seth zorgis, sia koro plena de envio kaj komplotoj kontraŭ sia frato, celante renversi lin kaj preni la tronon por si mem.

La mondo dividis sin inter la tago, lumigita de la potenca suno Ra en sia ĉiela vojaĝo, kaj la nokto, regno de mistero kaj magio. Ra, en sia ĉiutaga vojaĝo tra la ĉielo, portis lumon kaj varmon al la mondo, simbolante la eternan ciklon de renaskiĝo kaj renovigo.

En tiu ĉi mondo, la dioj kreis Maât, la principon de ordo, justeco, kaj ekvilibro, fondante la bazojn por ĉio, kio sekvis. Ordo naskiĝis el ĥaoso, markante la komencon de la kreo kaj la naskiĝon de la historio, kiel ni konas ĝin.

1. Ĉiela - Celestial
2. Ĉiutaga - Daily
3. Ekvilibro - Balance
4. Eltarigi - To emerge
5. Envio - Envy
6. Fundamentajn - Fundamental
7. Humideco - Humidity
8. Kompato - Compassion
9. Malapero - Disappearance
10. Malordo - Disorder
11. Mizerikordo - Mercy
12. Naskiĝis - Was born
13. Ordo - Order
14. Regno - Kingdom
15. Renaskiĝo - Rebirth

La Ordo de la Mondo

En la fruaj tagoj de la mondo, Osiris, la reĝo, malkaŝis al la homaro la sekretojn de agrikulturo kaj civilizo. "Vidu," li diris, montrante al sia popolo kiel kultivi la teron, "per laboro kaj zorgo, nia regno prosperos."

Isis, lia reĝino, dividis sian scion pri magio kaj kuracado, benante la popolon per sia saĝo. "Kun ĉi tiu scio," ŝi instruis, "vi povas protekti vin kaj viajn amatojn kontraŭ malsano kaj malĝojo."

Sub ilia reĝado, Egiptujo fariĝis floro de fekundeco kaj riĉeco, ĝiaj kampoj verdaj kaj ĝiaj homoj feliĉaj. Tamen, en la ombroj, Seth, konsumita de envio, komplotis kontraŭ sia frato.

Per perfido, Seth mortigis Osirison, disigante lian korpon tra la lando. La koro de Isis frakasiĝis, sed ŝi ne cedis al malespero. Kun granda decidemo, ŝi serĉis la pecojn de sia amato, finfine rekonstruante lin per sia magia forto.

Osiris, reanimita, fariĝis la juĝisto de la mortintoj, reganto de la postvivo. Dumtempe, ilia filo Horuso, plena de justa kolero, promesis venĝi la morton de sia patro.

La konfrontiĝo inter Horuso kaj Seth estis longa kaj furioza, batalo inter bono kaj malbono, ordo kaj ĥaoso. Sed fine, per sia kuraĝo kaj forto, Horuso venkis, riparante la damaĝon faritan de Seth kaj reestigante la justecon.

Per tiu venko, la fundamenta ekvilibro de la mondo, Maât, estis reestigita. La cikloj de tago kaj nokto, kune kun la sezonoj, denove fluis harmonie.

La dioj, observante de supre, benis Egiptujon per prospero kaj paco, certigante, ke ĝia popolo vivu en harmonio sub la protekto de la ĉiela ordo.

La rakontoj pri tiuj heroaj tagoj, kiam la dioj kreis kaj savis la mondon, estis kantitaj kaj rakontitaj en temploj kaj hejmoj, instruante al ĉiuj valorojn de kuraĝo, justeco, kaj la eterna batalo kontraŭ malbono.

Tiel, tra la agoj de Osiris, Isis, Horuso, kaj la venko super Seth, la mondo konis ordon, kaj la popolo de Egiptujo festis la grandajn farojn de siaj dioj, dankemaj pro la paco kaj stabileco, kiujn iliaj protektantoj certigis al ili.

1. Agrikulturo - Agriculture
2. Benante - Blessing
3. Civilizo - Civilization
4. Ekvilibro - Balance
5. Fekundeco - Fertility
6. Heroaĵoj - Heroics
7. Juĝisto - Judge
8. Kampoj - Fields
9. Kolero - Anger
10. Kuracado - Healing
11. Malsano - Disease
12. Perfido - Treachery
13. Postvivo - Afterlife

14. Prosperos - Will Prosper
15. Reanimigita - Reanimated

La Daŭra Influo

Post la grandaj eventoj de kreo kaj restarigo de ordo, la mondo de la antikvaj egiptoj transformiĝis. Majestaj temploj leviĝis el la sablo, ĉiu konstruita por honori la diojn, kiuj gvidis kaj protektis ilian popolon.

"Ni devas plenumi niajn rituojn kun respekto kaj precizeco," diris la ĉefpastro, instruante la novajn servantojn en la kompleksaj ceremonioj, kiujn ili plenumos por honori la diojn kaj konservi la ekvilibron de Maât en la mondo.

Festoj kaj celebradoj okazis tra la tuta jaro, markante la sezonojn kaj la historiojn de la dioj. "Hodiaŭ, ni festas la renaskiĝon de Osiris," anoncis la festivalorganizanto, "memorigante nin pri la ciklo de vivo, morto, kaj renaskiĝo."

Artistoj, inspiritaj de la mitoj kaj legendoj, kreis mirindajn verkojn de arto, kiuj ilustris la rakontojn de la dioj kaj iliajn heroajn farojn. "Per ĉi tiu pentraĵo," diris talenta artisto, "mi esperas transdoni la forton kaj belecon de Isis, kiu rekonstruis sian amaton kaj protektis siajn infanojn."

Skribistoj zorge dokumentis ĉiun rakonton kaj instruon sur papiruso, certigante, ke la saĝo de la dioj kaj la historio de ilia popolo ne perdiĝu en la sablo de tempo. "Per niaj skribaĵoj," diris skribisto, "ni konservas la scion kaj tradiciojn por estontaj generacioj."

La instruoj de la dioj, iliaj agoj, kaj la valoroj, kiujn ili reprezentis, fariĝis la fundamento de la egipta moralo kaj leĝo. "La justeco de Osiris lumigas niajn vojojn," deklaris juĝisto, "gvidante nin al honestaj kaj justaj decidoj."

La ĉielo mem estis mapita laŭ la historioj de la dioj, kun steloj kaj konstelacioj ricevantaj nomojn en ilia honoro. "Kiam ni rigardas la noktan ĉielon," diris astronomo, "ni memoras la grandajn farojn de niaj dioj kaj la ordon, kiun ili establis."

La inundoj de la Nilo, esencaj por la agrikulturo kaj supervivo de Egiptujo, estis celebrataj kiel donacoj de la dioj, signo de ilia favoro kaj protekto. "Ni dankas la diojn por ilia grandanimeco," diris la vilaĝestro, dum la akvo nutris la teron.

Eĉ la faraonoj, regantoj de Egiptujo, estis rigardataj kiel teraj manifestiĝoj de la dioj, sia regado rekte ligita al la dia volo. "Mi servas ne nur kiel via reĝo," diris la faraono, "sed kiel la ponto inter vi kaj la ĉiela regno."

La arkitekturo, artaĵoj, kaj eĉ la ĉiutaga vivo de la egiptoj estis profundaj reflektoj de iliaj kredoj kaj la mitoj, kiuj formis la kernon de ilia kulturo kaj religio. "Per ĉiuj niaj faroj," konkludis la pastroj, "ni honoras la diojn kaj sekvas la vojon, kiun ili montris al ni, certigante, ke la ordo kaj harmonio, kiujn ili kreis, daŭros por ĉiam."

Tiel, la mito de la kreo kaj la postaj eventoj ne nur formis la fundamenton de la egipta civilizo, sed ankaŭ daŭre gvidis ĝian popolon tra la jarcentoj, eterna atesto al la potenco de kredo, tradicio, kaj la senĉesa serĉado de homoj por kompreni sian lokon en la universo.

1. Agrikulturo - Agriculture
2. Celebradoj - Celebrations
3. Ceremoniojn - Ceremonies
4. Divina - Divine
5. Ekvilibron - Balance
6. Festoj - Festivals
7. Generozeco - Generosity
8. Heroaj - Heroic
9. Instruon - Instruction
10. Justaj - Fair
11. Kompleksajn - Complex
12. Konservi - To preserve
13. Kuracado - Healing
14. Legendoj - Legends
15. Rituojn - Rituals

La Persista Serĉo de Isis

La Perfido de Seth

En antikva Egiptujo, la envio kaj amaro de Seth kontraŭ sia frato Osiris atingis sian kulminon. Seth, brulanta de ĵaluzo pro la potenco kaj influo de Osiris, zorge teksis ruzan planon por detrui lin kaj uzurpi la tronon.

Invitante Osirison al festeno sub la preteksto de paco kaj unueco, Seth prezentis lukse ornamitan sarkofagon, ŝajnigante ke ĝi estis donaco, kiu perfekte taŭgus por Osiriso. Sen suspekti la intencojn de sia frato, Osiriso eniris la sarkofagon, nur por esti kaptita en perfida kaptilo.

Kun la helpo de siaj komplicoj, Seth sigelis la sarkofagon kaj ĵetis ĝin en la profundon de la Nilo, forigante Osirison de la mondo de la vivantoj. Tiu ago sendis ondojn de ŝoko kaj malĝojo tra la regno, plej forte frapante la koron de Iziso, la sindonema edzino de Osiriso.

Devastita sed ne venkita, Iziso decidis rekapti sian amaton el la manoj de la morto. Transformiĝinte en birdo, ŝi flugis trans la vastaĵojn de Egiptujo, serĉante iun signon de sia perdita edzo.

Ŝia serĉado finfine kondukis ŝin al Byblos, kie ŝi malkovris la sarkofagon de Osiriso enarbigita en la branĉojn de arbo. Kun peza koro, ŝi revenigis la korpon al Egiptujo, preparante sin por la sekva fazo de sia misio.

Por protekti lin kontraŭ pliaj malbonfaroj de Seth, Iziso kaŝis la korpon en la delto de la Nilo. Tamen, ŝiaj klopodoj estis vanaj kontraŭ la persista malico de Seth, kiu malkovris kaj barbare dispecigis la korpon de Osiriso en dek kvar pecojn, disĵetante ilin tra la lando.

Senlace, Iziso, kun la helpo de sia fratino Neftiso, dediĉis sin al la tasko kolekti la disĵetitajn restaĵojn de sia edzo. Tiu unua paŝo sur ŝia vojaĝo signifis la komencon de ŝia nekredebla klopodo por revivigi Osirison kaj restarigi ekvilibron al la mondo.

Tiun nokton, sub la silenta atesto de la luno kaj steloj, la du fratinoj ekiris sur sian sanktan serĉadon. Ilia determino kaj amo estis la unuaj lumetoj en la mallumo, kiun Seth estis disvastiginta tra la regno.

1. Amareco - Bitterness
2. Byblos - A historic city, used here metaphorically
3. Determino - Determination
4. Dispecigis - Dismembered
5. Elokventa - Eloquent
6. Enarbigita - Embedded
7. Festeno - Banquet
8. Kaptilo - Trap
9. Kruroj de la morto - Claws of death
10. Malĝojo - Sorrow
11. Oiseaŭon - Bird
12. Perfida - Treacherous
13. Preteksto - Pretext
14. Ruzaĵon - Scheme
15. Sarkofagon - Sarcophagus

La Kvesto de Isis

Isis, plena de decidemo kaj magia potenco, entreprenis sian vojaĝon tra la vastaĵoj de Egiptujo. Ŝi serĉis ĉiun pecon de Osiris, uzante sian magion por senti ilian ĉeeston. "Mi trovos vin, Osiris, kie ajn vi estas," ŝi ĵuris sub la steloj.

Kun ĉiu malkovrita peco, Isis zorge plenumis rituojn por konservi ilin, enŝutante ilin per magio por ke ili ne pereu. "Vi restos protektita, mia kara," ŝi flustris al ĉiu restaĵo.

La tasko estis malfacila, sed Isis ne estis sola en sia serĉado. Aliaj dioj kaj diinoj, sentante ŝian profundan doloron, venis por oferti sian helpon. Anubis, la gardanto de la mortintoj, dividis siajn sekretojn de embalsamado. "Per ĉi tiu scio, vi povos konservi lin por ĉiam," li diris al ŝi.

Thot, la dio de saĝo, ankaŭ subtenis ŝin, oferante siajn magiajn sciojn por helpi revivigi Osirison. "Kune, ni povos venki la mallumon," li konsolis, liaj vortoj plenigante ŝin per espero.

Malgraŭ la defioj, Isis sukcesis kolekti ĉiujn pecojn de Osiris, escepte de unu, kiu perdiĝis en la profundaj akvoj de la Nilo. Kun la helpo de Anubis, ŝi embalsamis la korpon, uzante siajn magiajn kapablojn por anstataŭigi la mankantan pecon.

Fine, per kompleksa serio de sorĉoj kaj invokoj, Isis revivigis Osirison. Ŝi vokis la fortojn de naturo, la ventojn, kaj la spiriton de vivo, por spiri reen en lian korpon. "Revenu al mi," ŝi petegis kun tuta sia koro.

Osiris vekiĝis, sed ne kiel li estis antaŭe. Li iĝis la reganto de la regno de la mortintoj, gvidanto de la animoj en la postvivo. Kvankam li ne povis resti inter la vivantoj, lia reanimado markis la komencon de nova epoko.

Kune, Isis kaj Osiris kreis Horuson, kiu estis destinita venĝi sian patron kaj reakiri la tronon de Egiptujo. Osiris trejnis Horuson en la artoj de milito kaj regado, preparante lin por la fina konfrontiĝo kun Seth.

Isis, kun senlima kuraĝo kaj determino, protektis Horuson kontraŭ ĉiuj intrigoj de Seth, certigante, ke li kreskos forta kaj kapabla defendi la heredaĵon de sia familio kaj reestabli justicon en la regno.

La vojaĝo de Isis ne estis nur serĉado por reunuiĝi kun ŝia perdita amo, sed ankaŭ batalo por justeco, ordo, kaj la estonteco de ilia mondo. Ŝia nevenkebla volo kaj neŝanceliĝa fido en amo kaj justeco certigis, ke la lumo ĉiam triumfos super la mallumo.

1. Anubis - Guardian of the dead
2. Decidemo - Determination
3. Embalsamado - Embalming
4. Espero - Hope
5. Invokoj - Invocations
6. Konservi - To preserve
7. Malfacila - Difficult
8. Magia - Magical
9. Mankanta - Missing
10. Osiris - A significant deity in Egyptian mythology

11. Postvivo - Afterlife
12. Rituojn - Rituals
13. Saĝo - Wisdom
14. Sorĉoj - Spells
15. Vastaĵojn - Expanse

La Daŭra Legaco de Isis

Isis, la diino de magio, patrineco, kaj fideleco, estis adorata tra la tuta Egiptujo. Ŝia senmorta amo por Osiris kaj ŝia neŝancelebla devo al sia familio fariĝis la temo de multaj rakontoj kaj legendoj.

"Vere, neniu estas kiel Isis," diris la pastroj dum ili preparis la templojn por ceremonioj. "Ŝia saĝo kaj potenco lumigas nian vojon." La temploj dediĉitaj al ŝi fariĝis centroj de kultado kaj magia praktiko, kie fideluloj povis alproksimiĝi al la diino.

La pastroj kaj pastrinoj de Isis diligente plenumis rituojn por invoki ŝian protekton kaj benojn, kredante ke ŝi ĉiam aŭskultas la preĝojn de siaj sekvantoj. "Per via protekto, ni trovas pacon," ili ĉantis, bruligante incenson kaj oferante donacojn.

La historioj pri la serĉado de Isis por reakiri Osirison inspiris multajn, precipe tiujn, kiuj alfrontis malfacilaĵojn en siaj propraj vivoj. "Se Isis povis venki tian malbonon kaj malfeliĉon," komentis vilaĝano, "eble ankaŭ ni povas trovi forton en tempoj de malfacilaĵo."

Isis ankaŭ instruis la gravecon de vivo post morto kaj la eblecon de renaskiĝo, donante esperon al tiuj, kiuj perdis amatajn. "La ciklo de la vivo kaj morto estas eterna," ŝi ofte memorigis, "kaj amo neniam mortas."

Kiel gardanto de infanoj kaj virinoj, ŝia bildo estis portata en amuletoj kaj juvelaĵoj por oferti protekton kaj sekurecon. "Ĉi tiu amuleto gardos vin," diris patrino al sia infano, pendigante la bildon de Isis ĉirkaŭ lia kolo.

Festivaloj en honoro de Isis kunigis komunumojn en ĝojo kaj spiriteco, festante ŝian bonvolemon kaj fortikecon. Dum ĉi tiuj okazoj, kantoj kaj preĝoj sonis tra la aero, petante ŝian gvidadon kaj protekton.

La rakontoj kaj instruoj de Isis estis zorge registritaj de skribistoj sur papirusoj kaj en la muroj de tomboj, certigante, ke ŝia saĝo kaj kompato transiru al estontaj generacioj. "Ŝiaj faroj kaj vortoj vivos eterne," diris skribisto, metante la finan tuŝon al skribaĵo.

La influo de Isis etendiĝis eĉ preter la limoj de Egiptujo, al la tuta Mediteranea regiono, kie ŝi estis adorata kiel simbolo de patrineco, protekto, kaj magia potenco. "Ĉie, kie la vento blovas," diris vojaĝanto, "la nomo de Isis estas konata kaj honorata."

Ŝia heredaĵo, kiel potenca diino kaj amanta edzino, estis fonto de komforto kaj inspiro por multaj, rememorigante ilin pri la cikloj de morto kaj renaskiĝo, kiuj estas naturaj partoj de la vivo. La mito de Isis kaj Osiris, simboloj de eterna amo kaj espero, daŭre lumigas la vojon por tiuj, kiuj serĉas lumon en la ombroj de la mondo.

1. Amo - Love
2. Benojn - Blessings
3. Ceremonioj - Ceremonies
4. Decidemo - Determination
5. Fideleco - Loyalty
6. Historioj - Stories
7. Incenson - Incense
8. Kultado - Worship
9. Legendoj - Legends
10. Magio - Magic
11. Materneco - Maternity
12. Pristinoj - Priestesses
13. Protekton - Protection
14. Rituojn - Rituals
15. Saĝo - Wisdom

La Batalo inter Seth kaj Horuso por la Trono de Egiptio

La Heredaĵo de Osiris

En la antikva regno de Egiptio, regis amata reĝo nomata Osiris. Li estis simbolo de prospero kaj justeco, gvidante sian popolon per saĝo kaj bonvolemo. Sed en la ombroj de la palaco, fermentis malpaco. Seth, la frato de Osiris, estis konsumita de ĵaluzo kaj ambicio. Kun kora malamo, li perfide murdis Osirison, kaptante la tronon per forto kaj trompo.

Malgraŭ la malfeliĉo, Isis, la edzino de Osiris, ne cedis al malespero. Per magiaj ritoj kaj nekredeble forta volo, ŝi provizore revivigis Osirison. El ilia unuiĝo naskiĝis filo, Horuso, kiu portis en si la promeson de venĝo kaj justeco. Por gardi lin kontraŭ la kolero de Seth, Horuso estis kaŝe edukata, lernante la artojn de batalo kaj saĝo.

Kreskinte al viro, Horuso sentis la pezon de sia destino. Li defiis Sethon, determinita restarigi la justan ordon kaj heredi la tronon, kiu rajte apartenis al li. "Mi estas la vera heredanto de Osiris," proklamis Horuso al la konsilio de dioj, "kaj mi petas vian juĝon por rekapti tion, kio juste apartenas al mi."

Seth, ne volonte cedanta, respondis kun mokado. "Forto kaj potenco regas Egiption, ne heredaĵo. Se vi deziras la tronon, vi devas pruvi, ke vi estas pli forta ol mi."

Tiel komenciĝis serio de defioj, testantaj ĉiun aspekton de iliaj forto, saĝo, kaj magio. La dioj de Egiptio, gvidataj de Ra, la suna dio, observis kun intereso. Ili proponis diversajn provojn, el kiuj ĉiu postulis malsaman talenton.

Dum unu el la provoj, Seth perfide provis trompi Horuson, sed danke al la saĝo kaj gvidado de lia patrino, Isis, Horuso sukcesis venki la trompojn kaj montri sian veran forton kaj karakteron. "Via koro estas pura, kaj via celo justa," flustris Isis al Horuso, "ne lasu malamon aŭ venĝon gvidi viajn agojn."

Fine, post multaj bataloj kaj provoj, la konsilio de dioj kunvenis por doni sian verdikton. Isis, kun larmoj en siaj okuloj, pledis por sia filo, rememorigante ĉiujn pri la virtoj de Osiris kaj la maljustaĵoj faritaj de Seth.

Seth, fiera kaj nevenkita, staris firme. "Mia forto pruvas mian rajton regi," li deklaris, sed liaj vortoj sonis malpli certaj antaŭ la unuiĝinta fronto de la aliaj dioj.

Impresite de la justeco kaj determino de Horuso, la dioj finfine decidis en lia favoro, proklamante lin la vera reĝo de Egiptio. Seth estis punita sed rajtis resti kiel dio de la dezerto, gardata por certigi, ke li ne plu povu fari malbonon.

Sub la regado de Horuso, Egiptio denove floris. Li estis reĝo, kiu simbolis justecon kaj rezistecon, adorata de sia popolo. Li restarigis la templojn kaj celebris la ceremoniojn honore al Osiris, certigante, ke la heredaĵo de lia patro neniam estu forgesita.

La rakonto de la batalo inter Horuso kaj Seth transiris tra generacioj, fariĝante simbolo de la eterna lukto inter bono kaj malbono. Horuso ne nur estis reĝo sed ankaŭ protektanto de Egiptio; lia justeco kaj forto inspiris leĝojn kaj kulturon tra la jarcentoj.

Kaj tiel, la legendo de Horuso kaj Seth iĝis fundamenta piliero de la egipta mitologio, instruante la gravecon de ekvilibro kaj harmonio, kaj la potencon de justeco super maljusteco.

1. Ambicio - Ambition
2. Batalo - Battle
3. Decidemo - Determination
4. Destino - Destiny
5. Dioj - Gods
6. Edukata - Educated
7. Heredaĵo - Heritage
8. Justeco - Justice
9. Konsilio - Council
10. Malpaco - Discord
11. Patrino - Mother
12. Perfide - Treacherously
13. Prospero - Prosperity

14. Reĝo - King
15. Trompo - Deceit

La Defio

En la koro de antikva Egiptio, la batalo por la trono atingis sian kulminon. Horuso, kun la legitima aserto al la trono kiel la hereda posteulo de Osiris, defiis la nunan reganton, Seth, kiu malestime rifuzis cedi la povon.

"Mi estas la vera heredanto de la egipta trono," deklaris Horuso kun firmeco. "Via regado finiĝis, Seth. Estas tempo, ke justeco triumfu."

Seth, kun mokema rideto, respondis: "Nur la plej forta rajtas regi Egiption. Se vi volas la tronon, vi devos venki min en batalo."

Tial, la dioj de Egiptio, gvidataj de Ra, la potenca dio de la suno, estis alvokitaj por juĝi ilian konflikton. Ra, kun saĝeco kaj justeco, proponis serion de defioj. "La vera reĝo de Egiptio devas montri forton, saĝon, kaj la kapablon gvidi. Horuso kaj Seth, vi ambaŭ estos testataj."

La unua defio temis pri forto. Horuso kaj Seth staris unu kontraŭ la alia, ĉiu provante superi la alian per siaj kapabloj. Kvankam Seth estis potenca, Horuso posedis ne nur fizikan forton sed ankaŭ la determinon de sia spirito.

Sekvis defio de ruzo. "Por gvidi Egiption, oni devas havi la kapablon pensi rapide kaj trompi siajn malamikojn," diris Ra. En tiu provo, Seth uzis ĉiun trompon en sia libro, sed Horuso, gvidata de la konsiloj de sia patrino Isis, elpensis planon, kiu finfine trompis la trompiston mem.

La fina defio temis pri magio. La du konkurantoj devis uzi siajn magiajn kapablojn por impresi la diojn. Ĉi tie, la saĝo kaj spirita forto de Horuso elstaris, superante la malhonestajn trukojn de Seth.

Post ĉiu defio, estis klare, ke Horuso ne nur posedis fizikan forton sed ankaŭ la saĝon kaj justan koron necesajn por gvidi Egiption. Seth, konfrontita kun siaj propraj limigoj kaj la supera kapablo de Horuso, restis senparola.

La dioj, post longa konsiliĝo, proklamis Horuson kiel la venkinton. "Horuso, pro via kuraĝo, justeco, kaj saĝo, ni deklaras vin la vera reĝo de Egiptio," anoncis Ra, dum la ĉielo lumis en signo de aprobo.

Seth, nun humiligita sed ankaŭ agnoskante la justan juĝon de la dioj, retiriĝis al la dezerto, kie li fariĝis la gardanto de ĝiaj vastaj kaj senlimaj areoj, sed ĉiam sub la atenta okulo de la aliaj dioj.

Horuso, nun rekonita kaj respektata de ĉiuj, pretigis sin por preni sian lokon sur la trono, promesante gvidi sian popolon kun la sama justeco kaj saĝo, kiujn li montris dum la defioj. La popolo de Egiptio, vidinte la justan decidon de la dioj, ĝojis, sciante, ke ilia lando nun estos gvidata de vera kaj justa reĝo.

Tiel finiĝis la defio inter Horuso kaj Seth, ne nur kiel batalo por la trono sed ankaŭ kiel simbolo de la eterna lukto inter justeco kaj maljusteco, lumo kaj mallumo. La heredaĵo de Osiris estis certigita, kaj la estonteco de Egiptio brilis hela sub la regado de Horuso.

1. Aserto - Claim
2. Batalo - Battle
3. Cedi - To yield
4. Defio - Challenge
5. Determino - Determination
6. Firmecon - Firmness
7. Gvidi - To lead
8. Heredanto - Heir
9. Justeco - Justice
10. Kapabloj - Abilities
11. Koro - Heart
12. Malpaco - Discord
13. Regado - Reign
14. Ruzo - Cunning
15. Saĝeco - Wisdom

La Verdikto de la Dioj

Post longaj bataloj kaj defioj, la momento alvenis por la fina juĝo. La konsilio de la dioj, kunveninta en la granda halo de la ĉielo, estis preta aŭskulti la lastajn pledojn kaj decidi pri la estonteco de Egiptio. La atmosfero estis plena de atendo; ĉiu dio kaj diino atente aŭskultis, kiam Isis paŝis antaŭen por paroli.

Isis, kun digno kaj gracio, staris antaŭ la konsilio. "Honorataj dioj de Egiptio," ŝi komencis, "mi venas antaŭ vi por pledi la kazon de mia filo, Horuso. Ne nur pro li, sed ankaŭ en la memoro de Osiris, kaj pro la justeco, kiun ĉiu en Egiptio meritas."

Ŝi parolis pri la virtoj de Osiris, kiel li regis kun saĝo kaj kompato, kaj pri la maljustaĵoj, kiujn Seth faris. "Horuso batalis ne nur por la trono, sed ankaŭ por restarigi la ordon kaj justecon, kiujn Seth detruis."

Seth, ne volante esti superita en vortoj, paŝis antaŭen kun fiera sinteno. "Mia forto kaj kapablo regi estis pruvitaj tra la defioj," li asertis. "Ĉu tio ne montras mian legitimecon kiel reganto?"

La dioj aŭskultis atente, pezante ĉiun vorton. Ra, la dio de la suno kaj gvidanto de la konsilio, levis sian manon por alporti silenton. "Ni vidis la forton de ambaŭ konkursantoj, sed regado postulas pli ol forton. Ĝi postulas justecon, kompaton, kaj la kapablon unuigi nian popolon."

Post longa diskuto, dum kiu ĉiu dio havis la ŝancon esprimi sian opinion, alvenis la momento de la verdikto. "Ni, la konsilio de la dioj," proklamis Ra, "faris nian decidon. Pro lia justeco, saĝo, kaj la sincera deziro servi sian popolon, ni deklaras Horuson la leĝa reĝo de Egiptio."

Aplaŭdo plenigis la ĉielan halon, dum Horuso, kun humileco kaj dankemo, akceptis la honoron. Seth, kvankam malkontenta, akceptis la juĝon de la dioj. "Vi restos dio de la dezerto, Seth," aldonis Ra, "sed sub nia atenta rigardo. Vi havos la ŝancon montri, ke vi povas esti nobla en via nova rolo."

Kaj tiel, la longa disputo finiĝis. Horuso prenis sian lokon kiel reĝo, promesante gvidi per la saĝo kaj justeco, kiujn la dioj aprezis.

La popolo de Egiptio festis, sciante, ke ilia lando nun estis en bonaj manoj.

La verdikto de la dioj ne nur solvis la konflikton inter Horuso kaj Seth, sed ankaŭ simbolis la eternan serĉon de la homaro por justeco kaj harmonio. La rakonto de ilia batalo kaj la fina juĝo restis grava parto de la egipta heredaĵo, instruante estontajn generaciojn pri la valoro de justeco kaj la potenco de vera gvidado.

1. Aplaŭdo - Applause
2. Atendo - Expectation
3. Bataloj - Battles
4. Decido - Decision
5. Defioj - Challenges
6. Digno - Dignity
7. Gvidanto - Leader
8. Heredanto - Heir
9. Justeco - Justice
10. Kapablo - Ability
11. Konsilio - Council
12. Legitimecon - Legitimacy
13. Maljustaĵoj - Injustices
14. Pledo - Plea
15. Verdikto - Verdict

La Regado de Horus

Post la longa kaj malfacila vojo al la trono, Horuso fine estis kronita reĝo de Egiptio. La tago de lia kronado estis plena de festoj, kaj la popolo de Egiptio ĝojis, vidante la komencon de nova epoko de paco kaj prospero sub lia saĝa gvido.

"Hodiaŭ," deklaris Horuso al sia popolo, "ni komencas novan ĉapitron en la historio de Egiptio, unu en kiu justeco, paco, kaj prospero regos super nia amata lando."

Horuso, nun sur la trono, dediĉis sin al la tasko de restarigi la pacon kaj ordon, kiuj estis perturbataj dum la longaj jaroj de konflikto. Li estis vidata ne nur kiel reganto sed ankaŭ kiel simbolo de justeco kaj rezisteco, profunde venerata de liaj subuloj.

Unu el liaj unuaj agoj kiel reĝo estis la restarigo de la temploj kaj la rekomenco de la ceremonioj en honoro al Osiris. "Niaj temploj ne nur estas lokoj de kultado," li diris, "ili estas simboloj de nia forto kaj unueco kiel popolo."

Sub la saĝa regado de Horuso, Egiptio travivis periodon de granda prospero. La limoj estis fortikigitaj, protektante la landon kontraŭ eksterlandaj minacoj, kaj la komerco floris, alportante riĉaĵon kaj abundon al la popolo.

La dioj, vidante la ordon kaj harmonion, kiujn Horuso alportis al Egiptio, benis la landon per siaj favoroj. Pluvoj venis ĝustatempe, la rivero Nilo inundis perfekte, kaj la rikoltoj estis pli abundaj ol iam ajn antaŭe.

Horuso tamen neniam forgesis la lecionojn de sia patro Osiris. Li regis kun koro plena de kompato kaj justeco, ĉiam serĉante la plej bonan por siaj homoj. "La vera forto de reganto," li ofte diris, "kuŝas en lia kapablo servi kaj protekti siajn subulojn."

Pro sia nobla regado, Horuso estis honorata ne nur kiel reĝo sed ankaŭ kiel la protektanto de Egiptio. Lia nomo fariĝis sinonimo de justeco kaj saĝo, kaj lia regado estis rigardata kiel ora epoko en la historio de Egiptio.

La popolo de Egiptio, vivante sub la saĝa kaj justa regado de Horuso, spertis periodon de paco kaj prospero, kiu estis memorata tra generacioj. La regado de Horuso ne nur restarigis la grandecon de Egiptio, sed ankaŭ cementis lian lokon kiel unu el la plej brilaj periodoj en la antikva mondo.

Kaj tiel, la regado de Horuso fariĝis legendo, rakonto pri kiel justeco, saĝo, kaj dediĉo al la bono de la popolo povas konduki landon al neatingitaj altecoj de prospero kaj harmonio.

1. Abundon - Abundance
2. Ceremonioj - Ceremonies
3. Decidemo - Determination

4. Festadoj - Celebrations
5. Frontiero - Frontier
6. Gracio - Grace
7. Harmonio - Harmony
8. Inundis - Flooded
9. Justeco - Justice
10. Komerco - Commerce
11. Kronita - Crowned
12. Minacoj - Threats
13. Prospero - Prosperity
14. Resiliento - Resilience
15. Unueco - Unity

La Eĥo tra Eterneco

Tra la senfinaj sabloj de tempo, la historia rakonto pri la batalo inter Horuso kaj Seth restis gravurita en la koro kaj animo de la egipta popolo. Ĝi fariĝis multe pli ol simpla rakonto; ĝi transformiĝis en vivanta simbolo de la eterna lukto inter bono kaj malbono.

En la temploj de Egiptio, la priskriboj kaj bildigoj de Horuso triumfanta super Seth estis ĉie videblaj. "Rigardu," diris la pastroj dum ili gvidis la homojn tra la sanktaj haloj, "kiel Horuso, nia protektanto, venkis la mallumon kaj maljustecon. Lia batalo estas nia instruo, ke la lumo ĉiam triumfos."

La artistoj, inspiritaj de la epopeo, pentris kaj skulptis Horuson kiel la majestan falkon, ĉiam rigardantan malsupren al siaj homoj kun okuloj plenaj de protekto kaj gvido. "Per ĉi tiu verko," diris artisto al grupo da junaj lernantoj, "ni memorigas nin pri la kuraĝo kaj justeco, kiujn Horuso montris. Li estas nia lumo en la mallumo."

Ĉiujare, la festivaloj celebrantaj la venkon de Horuso super Seth altiris homamasojn el ĉiuj anguloj de la lando. "Hodiaŭ," eksklamis la festivalestro, "ni rekonas la forton de niaj koroj kaj la senfinan lukton inter bono kaj malbono. Ni celebras la venkon de Horuso, kiu gvidas nin en nia propra batalo por justeco."

La instruistoj rakontis la historion al siaj infanaj aŭskultantoj, kiuj aŭskultis kun large malfermitaj okuloj. "Kaj tiel," konkludis instruisto, "per liaj agoj, Horuso instruis al ni la signifon de vera kuraĝo kaj la gravecon de batali por tio, kio estas justa."

Temploj dediĉitaj al Horuso fariĝis lokoj de pilgrimado, kie homoj serĉis spiritan gvidadon kaj protekton. "En ĉi tiu sankta loko," diris pilgrimanto, "mi sentas la ĉeeston de Horuso. Lia forto kaj justeco plenigas min per espero."

Amuletoj portantaj la bildon de Horuso estis vidataj ne nur kiel simboloj de protekto, sed ankaŭ kiel ĉiutagaj memorigiloj pri la valoroj, kiujn li reprezentis. "Portante ĉi tion," diris patrino al sia infano, "memoru la kuraĝon kaj justecon de Horuso, kaj lasu ilin gvidi viajn agojn."

La influo de Horuso etendiĝis eĉ al la leĝoj kaj juĝoj de Egiptio, inspirante justan regadon kaj egalrajtecon inter la homoj. "Per niaj agoj," deklaris juĝisto, "ni honoras la heredaĵon de Horuso, laborante por mondo, kie justeco kaj harmonio regas."

La skribistoj zorge konservis la rakontojn sur papiruso kaj en la reĝaj tomboj, certigante, ke la mesaĝoj de justeco, kuraĝo, kaj harmonio transdoniĝu al estontaj generacioj. "Ni skribas," diris skribisto, "por ke la estonteco memoru kaj lernu de la pasinteco."

Kaj tiel, la rakonto de Horuso kaj Seth fariĝis fundamento de la egipta mitologio, instruante la gravecon de ekvilibro kaj harmonio. Ĝi restis viva tra la jarcentoj, konstanta memorigilo pri la forto, kiu venas el la koro de justeco kaj la lumo de vero. La eĥo de ilia batalo resonis tra eterneco, inspirante homojn al noblaj agoj kaj pli alta kompreno de la mondo ĉirkaŭ ili.

1. amuletoj - amulets
2. batalo - battle
3. dediĉitaj - dedicated
4. epopeo - epic
5. festivalo - festival
6. gvidado - leadership
7. harmonio - harmony

8. justeco - justice
9. kuraĝo - courage
10. lukto - struggle
11. mallumo - darkness
12. pelerinado - pilgrimage
13. priskriboj - descriptions
14. skulptis - sculpted
15. triumfanta - triumphant

La Mitologio de la Diino Maât

La Origino de Maât

En la vasta kaj mistera mondo de la antikvaj egiptaj dioj, estis unu diino, kies potenco kaj influo etendiĝis tra la ĉielo kaj la tero. Ŝi estis Maât, la personigo de vero, justeco, kaj harmonio. De la unuaj momentoj de la kreo, ŝi ludis centran rolon en la ordo de la universo.

"En la komenco," komencis la plej aĝa pastro dum li gvidis grupon de junaj lernantoj tra la templo, "estis Atoum, la kreodio. El liaj pensoj naskiĝis Maât. Ŝi venis al nia mondo kun unu sola celo: konservi la ekvilibron inter kaoso kaj ordo."

Sur sia kapo, Maât fieris portante strutoplumon, simbolon de la vero, kiu ŝin karakterizis. "Ĉi tiu plumo," klarigis la pastro, montrante al la alta statuo de Maât, "reprezentas la plej altan principon de vero, kiu gvidas ĉiujn niajn agojn kaj decidojn."

Maât havis la gravan taskon konservi la universon en harmonio, laborante kune kun la dioj kaj gvidante la homojn laŭ la vojo de justeco kaj vera ordo. "Sen Maât," la pastro daŭrigis, "la mondo falus en kaoson. Ŝi estas la fundamento, sur kiu ĉio ripozas, la bazo de nia ekzisto."

De sia loĝejo en la ĉielo, Maât zorge observis la aferojn de dioj kaj mortemuloj, ĉiam preta interveni kiam la ekvilibro estis minacata. "La Egiptoj," li diris, turnante sin al la atentaj vizaĝoj de la lernantoj, "kredis, ke la ordo de la mondo mem estas manifestiĝo de la principoj de Maât. Ĉiu afero, de la plej eta guto de akvo ĝis la plej granda piramido, estas sub ŝia protekto."

Ŝi estis la nevidebla forto, kiu ekvilibrigis la kaoson kaj la kreitaĵon, certigante, ke la universo funkciu harmonie. "Ni vivas," finis la pastro, "en mondo kreita kaj tenata en ekvilibro per la saĝeco kaj justeco de Maât. Estas nia plej alta devo sekvi ŝiajn vojojn, por ke ni povu vivi en paco kaj prospero."

La lernantoj aŭskultis kun miro, kaptitaj de la profunda signifo de la vortoj de la pastro. En tiu momento, ili komprenis la gravecon de Maât ne nur en la mitologio sed ankaŭ en la ĉiutaga vivo de antikva Egiptio. La principoj de vero, justeco, kaj harmonio, kiujn ŝi reprezentis, estis la gvidiloj, kiujn ĉiu Egipto strebis sekvi.

1. aferoj - matters, affairs
2. celo - aim, goal
3. centra - central
4. devo - duty
5. dioj - gods
6. ekvilibro - balance
7. harmonio - harmony
8. justeco - justice
9. kaoso - chaos
10. kreinto - creator
11. mistera - mysterious
12. ordo - order
13. personigo - personification
14. plumo - feather
15. prospero - prosperity

La Funkcio de Maât

En la brilanta kaj senfina ĉielo super la antikva Egiptio, la dio Ra, majesta kaj potenca, entreprenis sian ĉiutagan vojaĝon tra la firmamento. Sed li ne estis sola; ĉe lia flanko estis Maât, la diino de vero, justeco, kaj harmonio, kiu gvidis lin kaj certigis, ke lia suna ŝipo sekure navigu tra la ĉielo.

"Maât," diris Ra, rigardante la vastan bluan ĉielon antaŭ ili, "via gvido estas neprezebla. Kun vi ĉe mia flanko, mi scias, ke la universo restos en perfekta ekvilibro."

La diino, kun sia karakteriza strutoplumoj sur la kapo, ridetis al Ra. "Mia tasko estas subteni la ekvilibron kaj certigi, ke ĉio funkciu kiel devas. Via lumo kaj varmo donas vivon, kaj kune, ni konservas la ordon de la mondo."

Sed la rolo de Maât ne limiĝis al la ĉiela sfero. En la postvivo, ŝi ludis eĉ pli gravan rolon. La animoj de la mortintoj estis alportitaj antaŭ ŝi, kie iliaj koroj estis pezitaj kontraŭ ŝia plumo en la fina juĝo.

"Vidu," diris la pastro al grupo da aŭskultantoj ĉirkaŭ granda pezilo, "la koro de la mortinto devas esti pli malpeza ol la plumo de Maât. Tio signifas, ke ili vivis laŭ la principoj de vero kaj justeco."

Se la koro estis pli peza, signifante, ke la animo ne vivis juste, ĝi estis kondamnita al eterna detruo. Sed se ĝi estis pli malpeza, la animo povis pasi al eterneco en paco.

En la tera regno, la influo de Maât estis same penetra. La faraonoj, konsiderataj kiel la teraj reprezentantoj de la dioj, regis laŭ la leĝoj kaj principoj de Maât. "Ni regas nian popolon per la saĝeco kaj gvidado de Maât," deklaris la faraono dum publika ceremonio. "Ŝiaj principoj gvidas ĉiujn niajn decidojn, certigante prosperon kaj pacon en nia lando."

Eĉ la juĝistoj de Egiptio portis simbolojn de Maât por subteni justecon en siaj verdiktoj. "Ĉi tiu figuro de Maât," diris juĝisto, montrante malgrandan statueton sur sia skribotablo, "memorigas min pri la graveco de ekvilibro kaj justeco en ĉiu verdikto, kiun mi faras."

La rolo de Maât en la antikva egipta socio estis fundamenta. Ŝi ne nur gvidis la diojn kaj regis la postvivon, sed ŝia influo etendiĝis al ĉiuj aspektoj de la vivo, de la plej altaj regantoj ĝis la plej simplaj civitanoj. Ĉiu paŝo, ĉiu decido, estis farita kun la principoj de Maât en la koro, konservante la ordon kaj harmonion, kiuj estis tiel gravaj por la antikva Egiptio.

1. aŭskultantoj - listeners
2. brilanta - shining
3. ĉiela - celestial, heavenly
4. decido - decision
5. ekvilibro - balance
6. faraonoj - pharaohs
7. firmamento - firmament, sky
8. gvido - guidance

9. harmonio - harmony
10. juĝisto - judge
11. kondamnita - condemned
12. navigu - navigate
13. orĉiela - heavenly order
14. postvivo - afterlife
15. principoj - principles

La Kultado de Maât

Tra la vasta kaj mistera lando de Egiptio, la kulto al Maât, la diino de vero, justeco, kaj harmonio, estis fundamenta parto de la ĉiutaga vivo. En ĉiu angulo de la regno, majestaj temploj leviĝis al la ĉielo, ĉiuj dediĉitaj al la honoro de Maât kaj la disvastigo de ŝiaj eternaj principoj.

"Venu, infanoj," diris la pastro, dum li gvidis grupon de junuloj tra la imponaj kolonoj de unu el la plej grandaj temploj dediĉitaj al Maât. "Ĉi tie, ni ĉiutage honoras nian diinon per ritoj kaj preĝoj, certigante, ke la ekvilibro kaj ordo, kiujn ŝi reprezentas, restu fortaj en nia mondo."

En la sanktaj haloj de la templo, la pastroj zorgeme preparis la altaron por la ĉiutagaj oferadoj. Statuetoj, amuletoj, kaj skribaĵoj plenaj de laŭdoj estis metitaj kun respekto, ĉiu ofero simbolo de dankemo kaj peto por gvidado laŭ la vojoj de justeco kaj vero.

"Maât, gvidu nin," preĝis fidelulo, starante antaŭ la altaro kun siaj manoj levitaj al la ĉielo. "Helpu nin vivi laŭ viaj principoj, por ke ni povu atingi pacon kaj harmonion en niaj koroj kaj en nia mondo."

La skribistoj, sidantaj en la trankvila ombro de la templo, diligente laboris, skribante himnojn kaj preĝojn dediĉitajn al Maât. "Per ĉi tiuj vortoj," diris unu skribisto al sia lernanto, "ni esprimas nian adoron kaj peton por saĝeco. La vortoj de Maât gvidas nin, kiel la steloj gvidas la maristojn tra la nokto."

Eĉ en la edukado de la junularo, la instruado pri la principoj de Maât estis esenca. "Infanoj," instruis edukisto en la ombro de la templo, "vivi laŭ la manieroj de Maât signifas serĉi veron, praktiki justecon, kaj labori por harmonio en ĉiuj viaj agoj. Tio estas la vojo al vera feliĉo kaj paco."

La adorado de Maât ne estis limigita al la temploj kaj oficialaj ceremonioj; ĝi penetris ĉiun aspekton de la egipta socio, de la plej alta faraono ĝis la plej simpla laboristo. La principoj de Maât—vereco, justeco, kaj harmonio—estis la gvidiloj, laŭ kiuj la tuta socio strebis vivi.

Kaj tiel, tra la temploj kaj ritoj, preĝoj kaj edukado, la kulto al Maât floris en la koro de antikva Egiptio, certigante, ke ŝiaj principoj de ordo kaj ekvilibro restu vivantaj en la koroj kaj mensoj de ŝiaj sekvantoj por generacioj venontaj. La adorado de Maât estis ne nur religia praktiko, sed ankaŭ ĉiutaga vivmaniero, reflektante la profundan respekton kaj amon, kiujn la Egiptoj havis por sia diino de vero kaj justeco.

1. adoro - worship
2. altaro - altar
3. ceremonioj - ceremonies
4. dediĉita - dedicated
5. edukisto - educator
6. fidelulo - believer
7. gvidado - guidance
8. harmonio - harmony
9. impona - impressive
10. junularo - youth
11. kultado - cult, worship
12. oferado - offering
13. preĝo - prayer
14. rituoj - rituals
15. skribistoj - scribes

La Efiko de Maât

La principoj de Maât, la diino de vero, justeco, kaj harmonio, trapenetris ĉiun tavolon de la antikva egipta socio. De la regado de la faraonoj ĝis la ĉiutaga vivo de la plej simplaj civitanoj, la influo de Maât estis neforigebla kaj vivis en la koroj kaj mensoj de ĉiuj.

En la granda kortego de la palaco, la faraono staris antaŭ sia popolo kaj deklaris: "Kiel la tera reprezentanto de Maât, mi ĵuras regi kun justeco kaj saĝo, por ke nia regno prosperu sub la beno de la dioj." Ĉe tiuj vortoj, la homamaso aplaŭdis, sciante, ke ilia gvidanto strebas vivi laŭ la samaj altaj idealoj, kiujn Maât starigis por la mondo. La faraonoj ne estis nur regantoj; ili estis gardantoj de la ekvilibro kaj ordo, kiujn Maât simbolis.

Dum festoj kaj ceremonioj, oni ofte alvokis la nomon de Maât. "Hodiaŭ ni celebras la harmonion kaj prosperon, kiujn Maât alportas al nia lando," anoncis la ceremoniestro dum granda festeno, levante kalikon al la ĉielo. La popolo, unuiĝinta en sia adorado kaj respekto al la diino, ĝoje festis kune en spirito de komunumo kaj dankemo.

La artistoj de Egiptio, inspiritaj de la figuro kaj principoj de Maât, kreis rimarkindajn artverkojn. "Per ĉi tiu skulptaĵo," diris skulptisto, prezentante sian plej novan verkon, kiu montris Maât kun ŝia karakteriza plumo, "mi esperas disvastigi ŝiajn mesaĝojn de vero kaj justeco al ĉiuj, kiuj ĝin vidas."

La moralo kaj etiko, sur kiuj la egipta socio estis konstruita, estis profunde enradikiĝintaj en la principoj de Maât. "Ni instruas niajn infanojn pri la vojoj de Maât," klarigis instruisto al sia klaso, "por ke ili kresku kiel justaj kaj honorindaj civitanoj, kiuj kontribuas al la harmonio de nia socio."

Eĉ en la kreado de leĝoj kaj en la farado de gravaj decidoj, la gvidaj principoj de Maât ĉiam estis la fundamento. "Per ĉiu verdikto, ni strebas reflekti la ekvilibron kaj justecon, kiujn Maât inspiras," diris juĝisto, preparante sin por aŭdi la sekvan kazon.

La socio de Egiptio, en ĉiu aspekto, celis speguli la ordon kaj harmonion, kiujn Maât simbolis. De la planado de urboj kaj konstruado de temploj ĝis la simplaj interagoj inter homoj, la spirito de Maât ĉeestis, gvidante kaj inspirante la egiptojn vivi laŭ maniero, kiu honoris la eternajn principojn de vero, justeco, kaj harmonio.

Kaj tiel, tra la jaroj kaj jarcentoj, la influo de Maât daŭris, ne nur kiel religia figuro, sed kiel la fundamento, sur kiu la tuta egipta civilizacio estis konstruita. Ŝia heredaĵo, vivanta tra la agoj kaj kredo de la popolo, restis kiel potenca atesto pri la serĉado de la homaro por ekvilibro, justeco, kaj la plej alta bono.

1. adornado - worship
2. aplaŭdis - applauded
3. ceremoniestro - master of ceremonies
4. ĉiutaga - everyday
5. ekvilibro - balance
6. festoj - festivals
7. gvidanto - leader
8. harmonio - harmony
9. idealoj - ideals
10. juĝisto - judge
11. kortego - courtyard
12. moralo - morality
13. orĉiutaga - daily
14. principoj - principles
15. prospero - prosperity

La Senmorta Heredaĵo de Maât

Tra la sablaj dunoj de tempo, la spirito de Maât, la diino de vero, justeco, kaj harmonio, daŭre resonas en la koro de la universo. Ŝia influo sur la egipta kulturo kaj religio estis tiel profunda, ke ĝi transiris la limojn de epokoj, inspirante generaciojn pasintajn, nunajn, kaj estontajn.

En la ombro de antikva templo, grupo de lernantoj zorge aŭskultis, dum ilia instruisto rakontis pri la senmorta heredaĵo de Maât. "La principoj de Maât," li diris, "estas tiel gravaj hodiaŭ, kiel ili estis milojn da jaroj antaŭe. Ŝia mesaĝo de ekvilibro kaj justeco estas eterna."

La rakontoj kaj mitoj pri Maât estis zorge transdonitaj tra la jarcentoj, kiel trezoroj de saĝeco kaj gvido. "Ĉiu rakonto," la instruisto daŭrigis, "memorigas nin pri la graveco vivi honeste kaj juste, ne nur por ni mem, sed ankaŭ por la mondo ĉirkaŭ ni."

Egiptologoj, esplorante la profundojn de la antikva egipta civilizacio, malkovris multajn signojn de la kulto al Maât. "Rigardu," diris unu esploristo, montrante al kolego antikvan skribaĵon, "ĉi tiu teksto priskribas la rituojn kaj ceremoniojn dediĉitajn al Maât, pruvante, ke ŝia influo penetris ĉiun aspekton de la egipta socio."

Maât restis potenca simbolo de la kosma ordo kaj etiko, ŝia figuro kaj principoj resonante tra la jarcentoj. "La ideo de Maât," meditis filozofo, "reflektas la homan deziron al justeco kaj harmonio, montrante ke kelkaj veraĵoj estas vere senmortaj."

La principoj de Maât trovis eĥojn en la filozofioj kaj leĝoj de multaj kulturoj kaj civilizacioj, ilia universaleco parolante al la komuna strebo de la homaro por ekvilibro kaj justeco. "La influo de Maât etendiĝas trans la limojn de Egiptio," diris juristo, "inspirante niajn nuntempajn sistemojn de justeco kaj moralo."

La heredaĵo de Maât kaj ŝiaj instruoj staras kiel atesto al la eterna serĉado de la homaro por ekvilibro kaj justeco. "Maât ne estas nur egipta diino," konkludis la instruisto, "sed simbolo de la universalaj principoj, kiuj gvidas nin al pli justa kaj harmonia mondo."

Kaj tiel, la vortoj kaj agoj de Maât daŭre lumigas la vojon por ĉiuj, kiuj serĉas veron, justecon, kaj harmonion en siaj vivoj. Ŝia spirito, vivanta en la koroj de tiuj, kiuj sekvas ŝiajn principojn, estas viva atesto pri la senmorta serĉado de ekvilibro kaj bono en la mondo.

1. aĵoj - things (used here for correctness)
2. ceremonioj - ceremonies
3. deziron - desire
4. egiptologoj - Egyptologists
5. epokoj - epochs
6. esploristo - researcher
7. filozofo - philosopher

8. generacioj - generations
9. heredaĵo - legacy
10. honeste - honestly
11. indikojn - indications
12. instruisto - teacher
13. juristo - lawyer
14. kosma - cosmic
15. lernantoj - students

La Vojaĝo de la Suno Tra la Ĉielo

La Levo de la Suno

En la antikva Egiptujo, la leviĝo de la suno ĉiu mateno estis momento de magio kaj mistero. Ra, la dio de la suno, leviĝis super la horizonto, komencante sian ĉiutagan vojaĝon tra la ĉielo. Lia sunŝipo brilis kaj lumigis la mondon, disigante la mallumon kaj alportante lumon al ĉiuj estaĵoj.

"Rigardu, infanoj," diris la instruisto al grupo da junuloj, kiuj kun grandaj okuloj rigardis la ĉielon, "jen venas Ra, nia suna dio, markante la komencon de nova tago. Li portas kun si lumon kaj vivon."

Kun la unuaj radioj de la suno, la ĉielo eksplodis en flamoj de ruĝo, oranĝo, kaj rozkoloro, kreante spektaklon, kiu inspiris miron kaj adoron. Maât kaj Horuso ofte akompanis Ra'n, ofertante ordon kaj protekton dum lia ĉiutaga vojaĝo.

"La dioj estas kun ni," flustris unu el la adorantoj dum li preĝis, levante siajn manojn al la lumo, petante benon kaj protekton por la venonta tago. "Ili gvidas Ra'n en lia vojaĝo, gardante nin kontraŭ la fortoj de kaoso."

Dum Ra leviĝis pli alte en la ĉielon, la mondo vekiĝis al nova vivo. La roso de la mateno, konsiderata kiel donaco de Ra, nutris la teron, alportante fekundecon kaj kreskon. Birdoj komencis sian kantadon, salutante la tagiĝon, kaj lotusoj malfermiĝis sur la akvoj de la Nilo, turnante siajn vizaĝojn al la suno.

En la temploj, la pastroj diligente prepariĝis por la matenaj ritaroj, bruligante incenson en honoro al Ra, dankante lin pro lia senĉesa lumo kaj varmo. La homoj de Egiptujo, inspiritaj de la suno, komencis siajn ĉiutagajn taskojn, sentante la energion kaj viglecon, kiujn la sunlumo alportis.

"La rakontoj de Ra," diris la instruisto al fascinataj infanoj, "instruas nin pri la potenco de lumo super mallumo, de ordo super kaoso. Ĉiu nova tagiĝo estas simbolo de rekomenco, ŝanco komenci denove kun espero kaj optimismo."

Kaj tiel, kun ĉiu leviĝo de la suno, la popolo de Egiptujo memoris la forton, la protekton, kaj la fekundecon de Ra. Ĉiu mateno estis ne nur la komenco de nova tago, sed ankaŭ la ĉiutaga konfirmo de la eterna ciklo de vivo, morto, kaj renaskiĝo, simbolante la eternan promeson de lumo, espero, kaj rekomenco.

1. adorantoj - worshipers
2. benojn - blessings
3. ĉielo - sky
4. dio - god
5. espero - hope
6. fekundecon - fertility
7. flamoj - flames
8. generemon - generosity
9. incenson - incense
10. kantadon - singing
11. kreitaĵoj - creations
12. lotusoj - lotuses
13. mallumon - darkness
14. mistero - mystery
15. optimismo - optimism

La Dia Vojaĝo Tra la Ĉielo

Kiam la suno atingis sian zeniton, Ra, la majesta dio de la suno, estis la nekontestebla reganto de la ĉielo. Lia suna ŝipo majesteme navigis tra la senfina bluo, ĉirkaŭata de la vigla rigardo de la dioj. Sub li, la vasta dezerto brilis kiel oceano de oro, atestante la potencon kaj vivigan forton de Ra.

"Vidu kiel la tero reviviĝas sub la tuŝo de nia dio," diris kamparano, paŭzante por viŝi la ŝviton de sia frunto. "La suno donas al ni la energion necesan por nutri niajn kampojn kaj familiojn."

Dum la tago pli varmiĝis, la bestoj serĉis rifuĝon en la ombro, provante eviti la ardan sunon. Floroj malfermiĝis en plena brilo, prezentante kalejdoskopon de koloroj, dum riveroj kaj lagoj briletis, spegulante la vojaĝon de Ra tra la ĉielo.

"La ĉiutaga vojaĝo de Ra estas danco de lumo kaj vivo," rimarkis vendisto, dum li preparis sian varon por la tago. "Li gvidas nin, kaj ni sekvas, trovante nian vojon en la klareco, kiun li provizas."

En la temploj, la pastroj diligente plenumis la tagmezan sunriton, la momento kiam la potenco de Ra estis la plej intensa. "Ni alportas oferojn kaj kantojn al Ra," ili deklamis, "por honori kaj danki lin pro lia ĉiutaga gvidado kaj protekto."

Dum la tago pasis, artistoj kaptis la delikatajn ŝanĝojn en lumo kaj ombro, kreante artaĵojn, kiuj eternigis la belecon de la suna lumo. Skribistoj zorge registris la eventojn de la tago, konservante la scion kaj historion sub la atenta okulo de Ra.

"La ombroj iĝas pli longaj," rimarkis infano, observante kiel la suno malrapide komencis sian deklivon al la horizonto. "Ĉu tio signifas, ke Ra baldaŭ lasos nin?"

"Ne timu," respondis lia patro, prenante la manon de la infano. "Ra ĉiam revenas. Lia vojaĝo tra la ĉielo estas cikla, simbolo de la eterna promeso de lumo post mallumo, de vivo post ripozo."

Kaj tiel, dum Ra daŭrigis sian glorplenan traverson de la ĉielo, li ne nur lumigis la mondon sed ankaŭ protektis kaj nutris la vivojn de ĉiuj sub li. Ĉiu tago, lia vojaĝo estis festo de triumfo kaj majesto, rememorigante la homojn pri la senĉesa ciklo de rekomenco kaj la eterna brilo de espero.

1. ardo - ardor, intensity
2. celebro - celebration
3. cikla - cyclical
4. deklivo - descent
5. energio - energy
6. floroj - flowers
7. kalejdoskopo - kaleidoscope
8. kamparano - farmer

9. klareco - clarity
10. majesta - majestic
11. navigis - navigated
12. nutri - nourish
13. ombro - shadow
14. rekomenco - renewal
15. zenito - zenith

La Vespera Adiaŭo de Ra

Kiam la vespero alvenis, Ra, la eterna suna dio, preparis sin por sia majesta subiro al la okcidento. La ĉielo transformiĝis en kanvason pentritan per la plej mirindaj tonoj de ruĝo kaj oro, kreante vidon, kiu haltigis la spiron.

"Rigardu, kiel la ĉielo brulas kun la adiaŭo de Ra," diris patrino al siaj infanoj, dum ili rigardis la ĉielon de la sojlo de sia hejmo. "Ĉiu vespero, li donas al ni novan majstraĵon."

Kun la alproksimiĝo de la nokto, la ritmo de la vivo malrapidiĝis. Familioj kunvenis ĉirkaŭ la vespermanĝa tablo, dividante manĝaĵon kaj rakontojn sub la milda lumo de kandeloj. La kuniĝo kaj varmo de tiuj momentoj estis sankta parto de ilia ĉiutaga vivo.

Unu post la alia, la steloj ekbrilis en la ĉielo, kiel gardantoj pretaj transpreni la gardadon de la nokto. "La steloj gardos nin, dum Ra ripozas," flustris avo, rigardante la ĉielon kun siaj nepoj.

Kiam Ra finfine malaperis sub la horizonto, portante la taglumon for, la pastroj zorge fermis la templojn, finante la vesperajn ritarojn. Dankaj preĝoj kaj kantoj leviĝis en la aeron, esprimante dankemon al Ra por alia tago da lumo kaj vivo.

La veno de la vespera malvarmeto alportis reliefon post la tagmeza varmego, kaj la homoj spiris pli facile, ĝuante la pacan atmosferon, kiun la nokto alportis. Gardistoj ekbruligis torĉojn, kreante lumajn vojojn tra la mallumo, preparante sin por la nokta vigilo.

En tiu tempo, la rakontistoj komencis siajn rakontojn, teksante fabelojn de dioj kaj herooj, kaptante la imagojn de siaj aŭskultantoj. Infanoj kaj plenkreskuloj egale pendis ĉe ĉiu vorto, lasante siajn mensojn vagi tra la mitoj kaj legendoj de sia kulturo.

Dum la luno ekbrilis, kvieta sorĉistino de la nokto, la mondo ĉirkaŭ ili falis en dormon. La cikla naturo de la tago kaj nokto, la eterna danco inter lumo kaj mallumo, estis konsola penso. La promeso de Ra reveni kun la tagiĝo estis ĉiam ĉeesta, simbolo de espero kaj rekomenco.

Kaj tiel, la tago fermiĝis kun la vespera adiaŭo de Ra, lasante post si mondon plenan je paco kaj anticipa atendo por la mirindaĵoj, kiujn la nova tago alportos. La egiptoj ripozis, sciante, ke la ciklo de vivo daŭros, gvidata de la senĉesa vojaĝo de la suno tra la ĉielo.

1. adiaŭo - farewell
2. alproksimiĝo - approach
3. anticipa - anticipatory
4. brilis - shone
5. gardantoj - guardians
6. kanvaso - canvas
7. kuniĝo - gathering
8. majstraĵon - masterpiece
9. malvarmeto - coolness
10. nokta vigilo - night watch
11. rekomenco - renewal
12. ritmo - rhythm
13. sankta - sacred
14. sorĉistino - enchantress
15. subiro - descent

La Mito de Anubis kaj la Pezado de Koroj

La Misio de Anubis

En antikva Egiptio, la figuro de Anubis, la dio de embalsamado kaj funebraj ritoj, staris kiel potenca gardanto inter la mondo de la vivantoj kaj la regno de la mortintoj. Kun la kapo de ĉakalo, simbolo de lia ligo al la morto, Anubis plenumis sian sanktan taskon kun neŝancelebla devo.

"Ĉu vi scias, kial Anubis havas la kapon de ĉakalo?" demandis instruisto al sia klaso, dum ili sidis ĉirkaŭ li en la ombro de granda templo.

Unu el la infanoj, kun scivolo en la okuloj, levis la manon. "Ĉu ĝi estas ĉar ĉakaloj ofte troviĝas ĉe tomboj?"

"Ĝuste," konfirmis la instruisto. "La ĉakaloj estas gardantoj de la sekretoj de la morto, kaj tial Anubis simbolas la protekton de la animoj sur ilia vojaĝo al la postvivo. Liaj taskoj inkludas gvidi la forpasintojn, konservi iliajn korpojn per la arto de mumifikado, kaj sanktigi iliajn tombojn kontraŭ malbonaj spiritoj."

La infanoj aŭskultis atente, dum la instruisto rakontis pri la ceremonioj kaj ritoj, en kiuj la maskoj de Anubis estis portataj de la pastroj, kaj pri la oferadoj kaj preĝoj faritaj al la dio por certigi sekuran transiron al la postvivo.

"Anubis ne nur zorgas pri la mortintoj," daŭrigis la instruisto, "sed li ankaŭ juĝas iliajn animojn kun justeco kaj kompato. Lia ĉeesto donas kuraĝon kaj esperon al la egiptoj, kiuj kredas, ke iliaj amataj estos bone prizorgataj."

Dum la suno subiris, kaj la ombroj de la temploj iĝis pli longaj, la infanoj meditis pri la rolo de Anubis en ilia kulturo. Ili lernis, ke amuletoj portantaj lian bildon ne nur servis kiel protekto kontraŭ malbonaj spiritoj, sed ankaŭ kiel simboloj de lia justeco kaj bonvolemo.

"La kredo en Anubis," finis la instruisto, "donas al ni la forton por alfronti la misterojn de la morto kun digno kaj paco. Li memorigas nin, ke eĉ en la plej mallumaj momentoj, ekzistas gvidado, protekto, kaj la ebleco de eterna paco."

Kun tiuj pensoj en la mensoj, la infanoj forlasis la templon, portante kun si la sciojn kaj misterojn de Anubis, la gardanto de la mortintoj, kies misio kaj kompato daŭre inspiris kaj protektis ilin tra la jarcentoj.

1. amuletoj - amulets
2. ceremonioj - ceremonies
3. devo - devotion
4. digno - dignity
5. embalsamado - embalming
6. funebraritoj - funeral rites
7. gvidado - guidance
8. justeco - justice
9. kompaton - compassion
10. momifikado - mummification
11. nekompromita - uncompromising
12. ombroj - shadows
13. postvivo - afterlife
14. protekto - protection
15. sankta - sacred

La Pezado de Koroj

En la ombroj de la postvivo, la halo de la pezado de koroj staris kiel la fina provo por ĉiu animo. Anubis, la dio kun la kapo de ĉakalo, gvidis la animojn al tiu decida momento, kie iliaj koroj estis pesitaj kontraŭ la plumo de Maât, la diino de vero kaj justeco.

"Dum ni marŝas al la halo," diris Anubis al tremanta animo, "memoru, ke via koro spegulos la veron de via vivo. Ĉu vi vivis en harmonio kun la principoj de Maât?"

La animo, kun timo kaj espero miksitaj en siaj okuloj, rigardis la grandan balancon, kie la ĉakala dio zorge metis la koron de la forpasinto sur unu platilon, kaj la sanktan plumon de Maât sur la alian.

"Se via koro estos pli malpeza ol la plumo," daŭrigis Anubis, "vi transiros al la kampoj de rozujoj, kie Osiris atendas la justajn animojn."

Tamen, se la koro malkaŝis la pezon de pekoj kaj maljustoj, ĝi estis transdonita al Ammit, la terura estaĵo konata kiel la devoranto. Ĉi tiu ebleco tenis la animon en stato de intensa atendo, dum Anubis zorge observis la balancon.

Apud la balanco, Thot, la dio de saĝeco, estis preta registri la rezulton de la juĝo. Lia plumo moviĝis rapide, skribante la sorton de la animo, kiu nun staris ĉe la kruciĝo inter eterna feliĉo kaj senfina forgeso.

La ritaro de la pezado de koroj servis kiel potenca memorigilo al la vivantoj pri la graveco de vivi virtan vivon. La egiptoj meditis profunde pri siaj agoj kaj intencoj, aspirante vivi en akordo kun la leĝoj de Maât, serĉante ekvilibron inter siaj deziroj kaj devontigoj.

"La legendoj de Anubis instruas al ni," diris saĝulo al grupo da aŭskultantoj, "ke vera justeco transcendas nian teran ekziston. Ĉiu decido, ĉiu ago kontribuas al la pezo de nia koro."

La freskoj kaj bildoj en la tombaj ĉambroj, kiuj ilustris la pezadon de la koroj, staris kiel vivaj atestantoj de tiu transcendenta juĝo, inspirante generaciojn da egiptoj serĉi purecon kaj justecon en siaj vivoj.

En siaj preĝoj kaj oferadoj, la familioj petis al Anubis gvidi siajn amatajn tra la postvivo, donante al ili forton kaj kuraĝon fronte al la nekonato. La ritoj kaj ceremonioj, plenaj de simbolismo kaj signifo, reflektis profundan kredon en postmorta justeco kaj la eternecon de la animo.

Kaj tiel, la pezado de koroj ne nur markis la finon de la tera vojaĝo sed ankaŭ la komencon de eterna ekzisto en la lumo de la dioj, kun Anubis kiel gardanto kaj gvidanto de ĉiu paŝo sur tiu vojo.

1. ammit - devourer
2. animo - soul
3. balanco - scale

4. ĉakalo - jackal
5. devontigoj - obligations
6. embalsamado - embalming
7. freskoj - frescoes
8. justeco - justice
9. koro - heart
10. momifikado - mummification
11. pezado - weighing
12. plumo - feather
13. postvivo - afterlife
14. principoj - principles
15. salo - hall

La Daŭranta Influenco de Anubis

Tra la sabloj de tempo, la figuro de Anubis, la dio de embalsamado kaj gardanto de la mortintoj, restis unu el la plej respektataj kaj venerataj diaĵoj en la egipta mitologio. Liaj temploj, disĵetitaj tra la lando, estis sanktaj lokoj, kie la pastroj plenumis siajn devojn kun nekomparebla zorgemo kaj precizeco.

"Ni, la pastroj de Anubis, dediĉas nian vivon al la konservado de la tradicioj," diris ĉefpastro dum festivalo honore al Anubis. "Per niaj ritoj, ni honoras lin kaj certigas, ke la animoj de la mortintoj ricevu la respekton kaj protekton, kiujn ili meritas."

Festivaloj dediĉitaj al Anubis estis okazoj plenaj de ĝojo kaj rememoro, celebrante la kredon en la vivo post la morto kaj la eternan ciklon de renaskiĝo. "Hodiaŭ ni festas la senmortan spiriton," anoncis la festestro, "kaj rememoras la instruojn de Anubis, kiuj gvidas nin tra la mallumo al la lumo."

La rakontoj pri Anubis estis transdonitaj de generacio al generacio, instruante la junulojn pri la valoroj de justeco, ekvilibro, kaj respekto al la pasintoj. "Infanoj, aŭskultu bone," diris avo, rakontante al siaj nepoj, "la legendoj de Anubis montras al ni la vojon al vera nobeleco kaj la gravecon de protekti la animojn de niaj antaŭuloj."

La influo de Anubis en la egipta socio estis ĉiea. Ne nur la pastroj kaj la reĝa familio, sed ĉiuj tavoloj de la socio rekonis lin kiel potencan protektanton, kies juĝo kaj kompato formis la fundamenton de iliaj moraloj kaj justeco. "Anubis gardas ne nur la pordon al la postvivo," klarigis saĝulo, "sed ankaŭ la ekvilibron de nia tuta socio."

Arkeologiaj malkovroj elstarigis la profundan signifon de Anubis en la egipta arto kaj funebraj tradicioj. "Ĉiu amuleto, ĉiu fresko en la tomboj, parolas pri la eterna rolo de Anubis en nia kulturo," rimarkis arkeologo, esplorante antikvan nekropolon.

Eĉ trans la limoj de Egiptio, la figuro de Anubis inspiris kaj influis aliajn kulturojn, kun lia legendo portanta mesaĝojn de transiro, transformo, kaj la universala serĉado de justeco kaj eterneco.

"La heredaĵo de Anubis," konkludis la ĉefpastro dum la fermaj ceremonioj de la festivalo, "estas nia lumturo en la nokto, gvidante nin al kompreno kaj paco. Liaj instruoj kaj protekto daŭros ĝis la fino de tempo, kiel simbolo de nia kredo en la potenco de la spirita mondo kaj la senĉesa vojaĝo de la animo."

1. amuleto - amulet
2. animon - soul
3. ceremonioj - ceremonies
4. ĉefpastro - high priest
5. devoj - duties
6. embalsamado - embalming
7. festivalo - festival
8. ĝojo - joy
9. kompato - compassion
10. mitologio - mythology
11. neprecedenca - unprecedented
12. renaŝo - rebirth
13. respekto - respect
14. sankta - sacred
15. zorgemo - care

La Legendo de Sekhmet

La Naskiĝo de Sekhmet

Iam en antikva Egiptujo, estis dio nomata Ra, la dio de la suno. Li estis tre potenca kaj respektata de ĉiuj. Tamen, unu tagon, li sentis grandan koleron kontraŭ la homaro pro ilia ribelo kaj manko de respekto al la dioj. Pro tio, li decidis krei potencan diinon por puni la homojn. Tiel naskiĝis Sekhmet, la diino de milito, detruo, kaj ankaŭ kuracado.

Sekhmet havis la korpon de virino kaj la kapon de leono. Ŝi estis simbolo de potenco kaj forto, kapabla alporti detruon kie ajn ŝi iris. Ra sendis ŝin al la Tero kun la misio puni la homaron. Kun la fajro de la suno ĉirkaŭ ŝi, ŝia spiro brulis kiel lafo, kaj la dezertoj flamiĝis sub ŝiaj paŝoj. La riveroj komencis boli pro ŝia ĉeesto, kaj ŝi ekiris sian detruan vojaĝon tra la lando.

La homoj, vidante la potencon kaj furiozon de Sekhmet, tremis pro timo. Eĉ Ra mem estis impresita kaj iom timigita de ŝia detruema kapablo. Sed Sekhmet ne nur estis detruanto; ŝi ankaŭ estis protektanto de la faraonoj kaj gvidis ilin en bataloj. La pastroj oferis al ŝi por pacigi ŝian koleron, kaj temploj estis konstruitaj en ŝia honoro. En tiuj temploj, homoj adoris ŝin per himnoj kaj preĝoj, petante ŝian protekton kaj kuracadon.

Unu tagon, kuracisto nomata Imhotep aliris la templon de Sekhmet kun peto. Li diris, "Ho potenca Sekhmet, mi petas vian helpon por kuraci mian vilaĝon, kiu suferas pro malsano." Sekhmet, aŭdinte la sinceran peton de Imhotep, decidis helpi lin, montrante tiel ne nur ŝian potencon por detruo, sed ankaŭ ŝian kapablon alporti kuracadon kaj vivon.

Tiel, Sekhmet fariĝis simbolo de la duobla naturo de la vivo — la potenco por detruo kaj la donaco de kuracado. Ŝia legendo restis tra la jarcentoj, instruante la homojn pri la graveco de ekvilibro inter forto kaj kompato, inter milito kaj paco.

1. boli - to boil
2. deesino - goddess

3. detruo - destruction
4. duobla naturo - dual nature
5. ekvilibro - balance
6. fajro - fire
7. furaĝo - fury
8. himnoj - hymns
9. kolero - anger
10. kompato - compassion
11. kuracado - healing
12. lavo - lava
13. milito - war
14. pastraroj - priesthoods
15. protekton - protection

La Apacigo de Sekhmet

Dum la tempo pasis, la detruo kaŭzita de Sekhmet fariĝis ĉiam pli granda. La teroj de Egiptio estis kovritaj per sango kaj mizero. La homoj, timigitaj kaj malesperaj, petegis al Ra, la suna dio, por savi la homaron de la kolero de Sekhmet.

Unu vesperon, grupo de vilaĝanoj kunvenis sub la steloj, diskutante sian sorton. "Kion ni povas fari?" demandis unu el ili, kun voĉo plena de timo. "Ra devas aŭdi niajn preĝojn," respondis alia, esperplena.

Tiam, Ra, vidante la detruon kaj suferon de siaj kreaĵoj, decidis interveni. Li elpensis planon por haltigi Sekhmet sen vundi ŝin. Li ordonis prepari specialan bieron, kiu estis kolorigita ruĝe por aspekti kiel sango.

Kiam Sekhmet alvenis al la sekva batalkampo, ŝi trovis la teron inundita per la ruĝa likvaĵo. Kredante, ke ĝi estas sango, ŝi avideme komencis trinki ĝin. Tamen, la biero estis forta, kaj baldaŭ Sekhmet ektroviĝis ebria. Ŝia soifo por sango kaj furiozo malpliiĝis, kaj ŝi falis en profundan dormon.

Kiam ŝi vekiĝis, ŝi estis transformita. Ra sukcesis ŝanĝi ŝian formon kaj esencon en tiun de Hathor, la diino de amo kaj ĝojo.

Sub sia nova formo, Hathor disvastigis harmonion kaj kuracadon tra la lando, anstataŭ timo kaj detruo.

La homoj, vidinte la mirindan transformon, ĝoje festis. Ili dankis Ra kaj Hathor por la donaco de paco kaj renaskiĝo. En la vilaĝo, ili organizis grandan feston, kie oni kantis, dancis, kaj oferadis dankojn al la dioj.

Dum la festo, unu saĝa maljunulo diris al la junularo: "Memoru ĉi tiun tagon kiel ateston pri la potenco de ekvilibro kaj respekto. Eĉ la plej granda furiozo povas esti transformita per saĝeco kaj kompato."

La epizodo de la pacigo de Sekhmet fariĝis legenda, instruante al la homoj la gravecon de la dualo de la dia naturo — la kapablo alporti detruon aŭ kuracadon, laŭ la volo kaj agoj de la individuo. La temploj kaj festivaloj honore al Sekhmet kaj Hathor fariĝis tempoj por rememori la ŝanĝeblecon de destino kaj la forton de interna transformiĝo.

La legendo pri Sekhmet, ŝia furiozo, kaj ŝia transformo en Hathor daŭre inspiras la homojn, memorigante ilin pri la potenco, kiun ili havas por ŝanĝi siajn proprajn vivojn kaj la mondon ĉirkaŭ ili per kompreno, amo, kaj harmonio.

1. apacigo - appeasement
2. batalcampo - battlefield
3. biero - beer
4. detruo - destruction
5. ebria - drunk
6. esperplena - hopeful
7. festo - feast
8. furiozo - fury
9. ĝojo - joy
10. kompato - compassion
11. mizero - misery
12. renaskiĝo - rebirth
13. sango - blood
14. saĝeco - wisdom

15. vilaĝanoj - villagers

La Daŭra Influenco de Sekhmet

Eĉ longe post la epokoj de antikvaj bataloj kaj mitologiaj legendoj, la figuro de Sekhmet daŭre tenis fortan lokon en la koroj kaj mensoj de la egiptoj. Ŝi restis potenca simbolo en la mitologio, reprezentita de artistoj en skulptaĵoj kaj pentraĵoj de temploj, kie ŝia bildo funkciis kiel talismano por forto kaj protekto.

En la vilaĝo, kuracisto kaj gvidanto nomata Anubis kunvokis la komunumon por rakonti pri la granda diino. "Sekhmet instruas al ni pri la forto kaj la potenco de la koro kaj la menso," li komencis, dum ĉiuj okuloj estis fiksitaj sur li.

"Ŝi protektas nin ne nur en batalo sed ankaŭ en la defioj de la vivo. Niaj preĝoj al ŝi petas fortikecon en malfacilaj tempoj kaj saĝon por gvidi nin tra la mallumo."

La komunumo aŭskultis atente, dum Anubis rakontis pri la ritoj faritaj en honoro de Sekhmet, kiuj inkluzivis dancojn kaj oferadon de biero, simboloj de ĝojo kaj festado de la vivo, eĉ en la ombro de morto.

"Kaj ne forgesu," li aldonis, "ke ŝi ankaŭ estas simbolo de kuracado. La temploj dediĉitaj al ŝi estas ne nur lokoj de adorado sed ankaŭ centroj de kuracado kaj saĝeco."

Membro de la aŭskultantaro, juna knabino nomata Izisa, leviĝis kaj demandis, "Kiel ni povas certigi, ke ni honoras ŝian heredaĵon hodiaŭ?"

Anubis ridetis kaj respondis, "Ni vivu laŭ la principoj, kiujn ŝi reprezentas. Ni estu fortaj kaj kuraĝaj fronte al defioj, sed ankaŭ komprenemaj kaj kompatemaj. Ni respektu la fortojn de la naturo kaj la diajn potencojn, kaj ni serĉu ekvilibron inter nia deziro por potenco kaj nia deziro por paco."

La vortoj de Anubis resonis en la koroj de la komunumo, kaj ili decidis festi festivalon en honoro de Sekhmet kaj Hathor, rememorante la duoblan naturon de Sekhmet kaj la gravecon de ekvilibro en ĉiuj aspektoj de la vivo.

Kiam la festo alproksimiĝis, la vilaĝo ornamiĝis per simboloj de Sekhmet kaj Hathor, kaj la homoj prepariĝis por tago de preĝo, danco, kaj komunumo. Ili memoris la lecionojn de la pasinteco kaj esperis je estonteco, kie la spirito de Sekhmet, en ĉiuj ĝiaj formoj, gvidus ilin al pli luma morgaŭo.

Tiel, la legendo de Sekhmet, kun siaj instruoj pri potenco, kuracado, kaj ekvilibro, daŭre influis la vivon de la homoj, simbolo de ŝia eterna heredaĵo kaj la nedetruebla impreso, kiun ŝi lasis sur la civilizacio.

1. adorado - worship
2. bataloj - battles
3. defioj - challenges
4. divid - to share
5. festo - festival
6. fortikon - strength
7. heredaĵo - legacy
8. komunumo - community
9. kuraĝaj - brave
10. legendoj - legends
11. mitologio - mythology
12. ombro - shadow
13. principoj - principles
14. simboloj - symbols

La Mitologio de Isis kaj Nephtys

La Divinaj Fratinoj

En antikva Egiptujo, du diinoj elstaris super ĉiuj aliaj en la panteono: Izisa kaj Nephtis. Ili estis la filinoj de Gebo, la dio de la Tero, kaj Nut, la diino de la Ĉielo. Izisa, la emblemo de magio, patrineco, kaj fekundeco, kaj Nephtis, la gardanto de la mortintoj kaj akompanantino en funebro, estis ligitaj per nekredebla amo malgraŭ siaj malsamaj roloj.

Izisa estis la amata edzino de Osiriso, dum Nephtis estis edzino de Seto, la malamiko de Osiriso. Tiu frata konflikto severe provis ilian fratinan amon. Tamen, kiam venis la tempo por serĉi kaj rekonstrui la dispecigitan korpon de Osiriso, Nephtis senhezite aliĝis al Izisa. Ilia komuna celo estis revivigi Osirison kaj restarigi ordon en la ĥaoso kaŭzita de Seto.

Dum ilia vojaĝo, ili renkontis multajn defiojn. En unu el la malhelaj noktoj, kiam la serĉado ŝajnis plej senespera, Nephtis flustris al Izisa, "Mia kara fratino, ni ne cedu. Via magio kaj mia protekto kombiniĝas en nevenkebla forto."

Izisa, kun larmoj en la okuloj, respondis, "Via subteno donas al mi la forton persisti, mia kara Nephtis. Kune, ni povas venki ĉion."

Kun siaj unikaj kapabloj, ili sukcesis trovi ĉiujn partojn de Osiriso. Per siaj magiaj ritoj, Izisa revivigis Osirison, kiu poste fariĝis la reĝo de la submondo. Tiu ĉi ago ne nur simbolis la potencon de vivo super morto, sed ankaŭ la nekredeblan forton de fratinamo fronte al malfacilaĵoj.

Izisa, nun patrino de Horuso, dediĉis sin al la protekto de sia filo kontraŭ la intrigoj de Seto. Nephtis, kvankam edzino de la malamiko, sekrete subtenis Izisan kaj Horuson, montrante, ke vera amikeco kaj solidareco superas ĉiujn aliajn ligojn.

Iliaj agoj, plenaj de kuraĝo kaj amo, fariĝis eternaj rakontoj pri la potenco de solidareco inter virinoj. La legendoj de Izisa kaj Nephtis vivas tra la jarcentoj, inspirante ĉiujn, kiuj aŭdas ilian rakonton, pri la forto trovita en unueco kaj reciproka subteno.

1. Antikva - Ancient
2. Brili - To shine
3. Diino - Goddess
4. Emblemo - Emblem
5. Fekundeco - Fertility
6. Fratino - Sister
7. Funebro - Mourning
8. Kuraĝo - Courage
9. Magio - Magic
10. Malamiko - Enemy
11. Panteono - Pantheon
12. Patrineco - Maternity
13. Resurekti - To resurrect
14. Solidareco - Solidarity
15. Subteno - Support

La Forto de Protekto kaj Magio

En antikva Egiptujo, la diinoj Izisa kaj Nephtis ludis centran rolon en la vivoj de la homoj per siaj nekredeblaj kapabloj de protekto kaj magio. Izisa, kun sia profunda scio pri magio, dediĉis sin al la protekto de sia filo Horuso kaj gvidis la homojn per sia saĝo. Nephtis, aliflanke, gardis la pordon al la alia mondo, certigante, ke la vojaĝo de la animoj estu sekura.

Ambaŭ estis vokataj en preĝoj por sanigo kaj protekto, iliaj unikaj kapabloj kune formante esencan ekvilibron en la mondo. La ritoj en ilia honoro estis plenaj de oferoj kaj magiaj incantacioj, kiuj plifortigis ilian ĉeeston inter la vivantoj kaj la mortintoj.

"Ĉu vi instruos al mi la arton de kuracado per plantoj?" petis juna virino al Izisa dum ili promenis laŭ la bordoj de la Nilo. Izisa, ridetante, prenis manplenon da tero kaj kelkajn foliojn, murmurante kanton. "La sekretoj de la naturo malfermiĝas al tiuj, kiuj respektas ĝian potencon," ŝi respondis. "Observu kaj lernu, ĉar ĉiu planto kaj ĉiu kanto havas sian propran magion."

Dume, Nephtis ofte estis apud tiuj, kiuj funebris siajn amatajn. "Kial la morto devas dolori tiel multe?" ploris viro, kies koro estis rompita pro la perdo. "Niaj amataj neniam vere forlasas nin," konsolis Nephtis, metante manon sur lian ŝultron. "Ili vojaĝas al loko de paco, kaj ni reunuiĝos kun ili en la ĝusta tempo. Via amo kaj memoroj konservas ilian spiriton vivanta."

Kune, Izisa kaj Nephtis ankaŭ navigis la Nilon, benante la akvon kaj la teron, kiuj nutris la civilizon de Egiptujo. Ilia ĉeesto estis aparte sentata ĉe la limoj de la vivanta mondo kaj la regno de la mortintoj, kie ili gvidis la animojn al la juĝo de Osiriso.

En iliaj temploj, amuletoj portantaj iliajn bildojn estis trezorataj de la pastraro, kiu serĉis kanalizi ilian forton en siaj ĉiutagaj praktikoj. La temploj mem fariĝis lokoj de lernado kaj spiritaj serĉoj, kie la misteroj de la vivo kaj morto estis esplorataj.

La festoj en honoro de Izisa kaj Nephtis markis la pasojn de la vivo: naskiĝo, morto, kaj renaskiĝo, ĉiam memorante la ciklojn, kiuj regas nian ekziston. Per siaj agoj kaj instruoj, la fratinoj emfazis la gravecon de amikeco, subteno, kaj la forton, kiun oni povas trovi en unueco.

Tiel, la legendoj pri Izisa kaj Nephtis daŭre instruas la valorojn de amo, protekto, kaj reciproka helpo, kies eĥoj resonas tra la jarcentoj, ĉiam inspirante novajn generaciojn al komprenemo kaj harmonio inter ĉiuj estaĵoj.

1. Amikeco - Friendship
2. Bordoj - Banks (of a river)
3. Civilizacio - Civilization
4. Ekvilibro - Balance
5. Incantacio - Spell, Incantation
6. Kanalizi - To channel
7. Kuracado - Healing
8. Lernado - Learning
9. Magio - Magic
10. Murmurante - Murmuring
11. Navigis - Navigated
12. Niaj - Our (possessive)
13. Oferoj - Sacrifices
14. Protekto - Protection

Senmorta Mesaĝo de Amo kaj Protekto

Tra la vastaj sablaj dunoj kaj la riĉaj verdaj bordoj de la Nilo, la nomoj de Izisa kaj Nephtis resonis kun senmorta respekto kaj admiro. Iliaj legendoj, plenaj de heroeco, saĝo, kaj magio, inspiris generaciojn preter la limoj de antikva Egiptujo.

Unu tagon, en la ombro de la grandioza templo dediĉita al Izisa, du lernantoj, Amun kaj Nefer, diskutis pri la influo de la diinoj. "Ĉu vi scias, ke la legendoj de Izisa kaj Nephtis ankoraŭ vivas en niaj koroj hodiaŭ?" demandis Amun, rigardante la hieroglifojn gravuritajn sur la muroj. Nefer, kun brilo en la okuloj, respondis, "Jes, iliaj rakontoj estas eternaj. Artistoj, poetoj, kaj muzikistoj ankoraŭ ĉerpas inspiron el iliaj nekredeblaj faroj."

Ilia konversacio estis interrompita de la alveno de sennoma saĝulo, kiu aldonis, "Ne nur en la arto, sed ankaŭ en nia ĉiutaga vivo. La gvidado kaj protekto, kiujn ili simbolas, estas esencaj por nia komunumo. Ni petas ilian benon por la vivantoj kaj la mortintoj." Kun respekto, Amun kaj Nefer aŭskultis, dum la saĝulo dividis rakontojn pri kiel la influo de Izisa kaj Nephtis etendiĝis eĉ al najbaraj kulturoj, kaj kiel ilia kulto daŭris eĉ post la falo de la antikva egipta civilizacio.

"Ĉu vere iliaj mesaĝoj daŭre estas relevantaj hodiaŭ?" demandis Nefer, penseme. "Absoluta vero," respondis la saĝulo. "Ilia heredaĵo estas universala – amo, protekto, kaj la forto trovi lumon eĉ en la plej mallumaj tempoj. Ĉiu nova malkovro en la sabloj de Egiptujo nur plifortigas nian komprenon kaj admiron de iliaj vivoj kaj instruoj."

La konversacio inspiris la du lernantojn mediti pri kiel la diinoj simbolas la kapablon superi defiojn per unueco kaj subteno. Ili malkovris, ke la veraj trezoroj de Izisa kaj Nephtis ne estis entombigitaj en la piramidoj aŭ temploj, sed vivis en la koroj kaj spiritoj de tiuj, kiuj portis ilian saĝon tra la jarcentoj.

Kiam la suno subiris kaj la steloj ekbrilis super la Nilo, Amun kaj Nefer forlasis la templojn kun nova aprezo por la eternaj diinoj.

Ili komprenis, ke la legendoj de Izisa kaj Nephtis ne estas nur rakontoj de la pasinteco, sed vivantaj instruoj, kiuj gvidas kaj inspiras homojn al pli bona estonteco.

1. Admiro - Admiration
2. Bordoj - Banks (of a river)
3. Diskutis - Discussed
4. Eternaj - Eternal
5. Generacioj - Generations
6. Grandioza - Grandiose
7. Heroeco - Heroism
8. Inspiris - Inspired
9. Komunumo - Community
10. Legendoj - Legends
11. Mediti - To meditate
12. Pensplena - Thoughtful
13. Respekto - Respect
14. Saĝulo - Sage, Wise person
15. Universala - Universal

La Mitologio de la Inundo de Nilo

La Beno de Nilo

En la koro de antikva Egiptujo, la Nilo fluas kiel fonto de vivo, donante al la lando ĉion necesan por prospero. Ĉiujare, la rivero superfluas siajn bordojn, inundante la terojn kaj alportante fekundan ŝlimon, kiu nutras la kampojn.

La egiptoj kredis, ke ĉi tiu mirinda evento estis donaco de la dioj, precipe de Hapy, la dio de la inundo kaj fekundeco. Hapy estis adorata kiel la portanto de akvo kaj abundo, ofte prezentita kun simboloj de nutrado kaj prospero.

"Ĉu vi pensas, ke Hapy estos kontenta ĉi-jare?" demandis juna knabo al sia patro, dum ili rigardis la kreskantan nivelon de la Nilo.

"Ni devas esperi kaj preĝi," respondis la patro, kun rigardo plena de espero. "La pastroj jam observas la stelojn kaj preparas la ritojn por honori lin. Ni ankaŭ faros niajn oferojn."

Kune, ili kolektis fruktojn, florojn, kaj incenson por alporti al la templo de Hapy. La tuta komunumo kunvenis por festi la alvenon de la inundo, kun kantoj, dancoj, kaj festoj, kiuj plenigis la aeron per ĝojo kaj dankemo.

Dum ili marŝis al la templo, la knabo demandis, "Kio okazas, se la inundo estas tro malforta aŭ tro forta?"

"Ni fidas la saĝecon de Hapy kaj la scion de niaj pastroj," respondis la patro. "Ili gvidas nin por konservi la ekvilibron kun la Nilo. Niaj inĝenieroj kaj laboristoj konstruas irigaciajn sistemojn kaj digojn por helpi nin administri la akvon."

Alveninte ĉe la templo, ili vidis la altajn statuojn de Hapy, ĉirkaŭitajn de homoj alportantaj siajn oferojn. La pastroj komencis la ritojn, kaj la aero pleniĝis per la odoro de incenso kaj la sonoj de festado.

La knabo sentis sin parto de io multe pli granda ol li mem — la eterna ciklo de la vivo, regata de la rivero Nilo. Li rigardis la riveron, nun plenan de ludantaj infanoj, kaj komprenis la profundan konekton inter sia popolo kaj la donacoj de la dioj.

La inundo de la Nilo ne estis nur fizika evento, sed ankaŭ momento de spirita revigliĝo kaj komunuma unueco. Ĝi estis la tempo, kiam ĉiuj esperis je abunda rikolto kaj dankis la diojn pro iliaj benoj – vera momento de renoviĝo kaj espero por la tuta lando.

1. Abundo - Abundance
2. Administri - To manage
3. Alporti - To bring
4. Beno - Blessing
5. Danko - Gratitude
6. Ekvilibro - Balance
7. Esperi - To hope
8. Fekunda - Fertile
9. Festo - Celebration
10. Inundo - Flood
11. Irigacia - Irrigation
12. Komunumo - Community
13. Nutrado - Nourishment
14. Prêtraro - Priesthood
15. Renoviĝo - Renewal

Inter Bono kaj Detruo

La jara inundo de la Nilo alportis ne nur fekundecon kaj abundecon, sed ankaŭ defiojn. En la vilaĝo apud la rivero, la komunumo kolektiĝis por diskuti la venontan inundon.

"Miaj amikoj," komencis la vilaĝestro, "ni scias, ke la Nilo donas al ni vivon, sed ĝi ankaŭ povas alporti detruon. Ni devas esti pretaj por ĉio."

Unu el la inĝenieroj leviĝis por paroli. "Ni jam konstruis irigaciajn sistemojn kaj fortigis niajn digojn. Tio helpos nin gvidi la akvon al niaj kampoj kaj malhelpi ĝin detrui niajn hejmojn."

"Kion ni faros, se la inundo estos tro malforta ĉi-jare?" demandis zorgoplena farmisto. "Malforta inundo signifas malabundan rikolton kaj eble malsaton."

"Ni kolektis provizojn kaj planis por tia situacio," respondis la inĝeniero. "Kaj ni ĉiam petas la konsilon de niaj pastroj por kompreni la volon de la Nilo."

Infano interrompis, "Kaj se la inundo estos tro forta? Kion ni faros por protekti niajn hejmojn kaj familiojn?"

La vilaĝestro ridetis al la infano kaj respondis, "Ni laboras kune, kiel komunumo. Ni helpas unu la alian kaj uzas nian scion kaj teknologion por defendi nin kontraŭ troa akvo."

La konversacio turnis al la pli pozitivaj aspektoj de la inundo. "Ne forgesu, ke la riĉigita akvo alportas abundon da fiŝoj," diris loka fiŝkaptisto. "Kaj la birdoj, kiuj sekvas la inundon, alportas vivon kaj belecon al niaj teroj."

"Jes," aldonis la vilaĝestro, "kaj ni devas memori danki Hapy kaj la aliajn diojn por iliaj benoj, eĉ en la defioj. Niaj pastroj gvidos nin en la ceremonioj kaj oferoj por certigi, ke la inundo alportos pli da bono ol malbono."

La komunumo sentis renovigitan esperon kaj determinon alfronti la venontajn defiojn kune. Ili sciis, ke per laborado man-en-mane kaj respektado de la naturo kaj la dioj, ili povus superi ajnan obstaklon, kiun la Nilo prezentus.

Kiam la suno malaperis malantaŭ la horizonto, la vilaĝanoj disiĝis kun sento de unueco kaj prepariteco por la venontaj monatoj. La ciklo de la inundo, kun ĝiaj benoj kaj defioj, restis esenca parto de la vivo apud la grandioza Nilo.

1. Abundeco - Abundance
2. Alfronti - To confront
3. Ceremonioj - Ceremonies
4. Defioj - Challenges
5. Detruo - Destruction
6. Digoj - Dikes
7. Espero - Hope
8. Fekundecon - Fertility
9. Fortigi - To strengthen

10. Gvidi - To guide
11. Inĝeniero - Engineer
12. Kolektiĝis - Gathered
13. Malforta - Weak
14. Provizojn - Supplies
15. Vilaĝestro - Village chief

La Vivofluanta Rivero

La inundo de la Nilo, revenanta ĉiujare, simbolis la senĉesan ciklon de morto kaj renaskiĝo, esenca parto de la antikva egipta kredo. La rivero, kun siaj inundoj, estis vidata kiel portanto de la promeso de eterna vivo, reflektante la profundan konekton inter la homoj kaj ilia medio.

Dum vespero ĉe la bordo de la Nilo, grupo de amikoj, konsistanta el juna pastro, loka poeto, kaj fervora astronomo, renkontiĝis por diskuti la signifon de la rivero en iliaj vivoj.

"La dioj parolas al ni tra la fluoj de la Nilo," diris la pastro, rigardante la trankvilajn akvojn. "Ĉiu inundo estas mesaĝo de Hapy, benante nin per fekundeco kaj prospero."

La poeto, inspirita de la movado de la akvo, recitis versojn laŭdantajn la belecon kaj potencon de la rivero. "Neniu alia elemento en la naturo havas tian forton por doni vivon kaj formi nian sorton," li diris kun emocio en sia voĉo.

La astronomo, ĉiam fascinita de la kosmo, aldonis, "Niaj temploj ĉe la rivero estas perfekte aliniigitaj kun la steloj por marki la komencon de la inundoj. Estas mirinde, kiel niaj prauloj komprenis la ligojn inter la ĉielo kaj la tero."

Ili diskutis kiel la festoj de la Nilo kunigis la komunumon, ofertante momentojn de dankemo kaj kuneco. "Estas tiuj momentoj, kiuj fortigas nian konekton kun la dioj kaj inter ni mem," diris la pastro.

La astronomo rigardis la stelojn kaj meditis pri la vojaĝoj de la esploristoj, kiuj sekvis la riveron en serĉo de ĝiaj fontoj. "La Nilo inspiras nin al aventuro kaj malkovro, pelante nin esplori la nekonatan."

Fine, la pastro rememoris, "Niaj prauloj kredis, ke nia destino estas nepre ligita al la fluoj de la Nilo. Estas nia devo konservi tiun ligon, respektante la riveron kaj ĝiajn donacojn."

La amikoj disiĝis kun pli profunda aprezo por la misteroj kaj benoj de la Nilo. Ili komprenis, ke la rivero ne estis nur akvofluo tra ilia lando, sed ankaŭ vivofluanta forto, kiu nutris ilian kulturon, spiriton, kaj identecon tra la jarcentoj. La mito de la inundo de la Nilo restis ne nur en la koroj de la egiptoj sed ankaŭ kiel eterna simbolo de la interplektiĝo de naturo kaj homaro.

1. Astronomo - Astronomer
2. Aventuro - Adventure
3. Beni - To bless
4. Ciklo - Cycle
5. Destino - Destiny
6. Elemento - Element
7. Fekundeco - Fertility
8. Festoj - Festivals
9. Fluo - Flow
10. Inundo - Flood
11. Konekto - Connection
12. Malkovro - Discovery
13. Paroli - To speak
14. Praprauloj - Ancestors
15. Sacerdoto - Priest

La Mito de la Piramidoj

Dia Dezajno

En la koro de antikva Egiptujo, la grandiozaj piramidoj staras kiel atestantoj de la homa kapablo kaj la dia influo. La konstruado de ĉi tiuj monumentoj estis kredita esti rekte inspirita de la dioj, kun Thot, la dio de saĝeco kaj scio, donanta la planojn al la homoj.

En la ombro de giganta piramido, du amikoj, Meritaton kaj Khepri, diskutis la signifon de ĉi tiuj strukturoj.

"Ĉu vi iam pensis, ke ni laboras pri projekto inspirita de la dioj mem?" demandis Meritaton, rigardante supren al la impona strukturo.

Khepri, kiu tenis rulon de papiruso, respondis, "Jes, estas mirinde imagi. Thot mem gvidis niajn antaŭulojn, donante al ili la scion konstrui ĉi tiujn vojojn al la ĉielo."

Ili marŝis tra la konstruejo, observante la laboristojn, kiuj kantis himnojn dum ili laboris, iliaj voĉoj kunfandiĝantaj en harmonian sonon, kiu ŝajnis levi la ŝtonojn mem.

"Kaj rigardu," diris Meritaton, montrante al la ŝtonoj, "ĉiu estas markita per benoj kaj sorĉformuloj. Estas kiel se la tuta piramido estas magia formulo, intencita por protekti kaj beni."

Khepri ridetis, "La astronomia aliniigo ankaŭ ne estas hazardo. Niaj prauloj zorge elektis la lokon de ĉiu piramido por korespondi kun la steloj. Estas kiel se ĉiu piramido estas ponto inter la tero kaj la ĉielo."

Subite, grupo de pastroj pasis, portante incenson kaj oferajn donacojn al la altaro de Thot ĉe la bazo de la piramido. La du amikoj haltis por observi la ceremonion.

"Vidu?" diris Khepri post momento de silento. "Nia laboro ĉi tie estas multe pli ol nur konstruado. Ni partoprenas en sankta ago, kreante eternan heredaĵon, kiu ligas nin kun la dioj."

Meritaton kapjesis, sentante subitan ondon de fiero kaj humileco. "Niaj nomoj eble ne estos memoritaj," ŝi diris, "sed nia laboro ĉi tie daŭros tra la jarcentoj, simbolo de nia fido kaj niaj revoj."

Ili ambaŭ rigardis la piramidon, sentante la pezon kaj grandiozecon de sia tasko, kaj la nedisigeblan ligon inter siaj vivoj kaj la eterneco, kiun la piramidoj reprezentis.

1. Alineiĝo - Alignment
2. Atestantoj - Witnesses
3. Beni - To bless
4. Ceremonio - Ceremony
5. Fiero - Pride
6. Grandioza - Grandiose
7. Harmonio - Harmony
8. Heredaĵo - Legacy
9. Himno - Hymn
10. Humileco - Humility
11. Influo - Influence
12. Konstruejo - Construction site
13. Laboristo - Worker
14. Papiruso - Papyrus
15. Sorĉformulo - Spell

Vojaĝo al la Postvivo

En la koro de antikva Egiptujo, la piramidoj ne nur dominis la pejzaĝon per siaj imponaj strukturoj, sed ankaŭ servis kiel la fina ripozejo por la faraonoj, la reĝoj kaj dioj de la tero. La koncepto, ke la piramido estis veturilo por la faraona vojaĝo al la postvivo, estis fundamente enradikiĝinta en la egipta kulturo.

Dum la suno subiris malantaŭ la piramidoj, Ankhaf, lerta pastro, kaj Nebet, talenta artisto, preparis sin por la ceremonio de "la malfermo de la buŝo" ĉe la nova tombo.

"Ĉu vi kredas, ke la piramido vere gvidas la faraonon al la steloj?" demandis Nebet, dum ŝi finpoluris la freskojn, kiuj ornamis la murojn de la funebra ĉambro.

Ankhaf, ĉirkaŭita de rulitaj papirusoj, respondis, "La piramido estas pli ol simple tombo, Nebet. Ĝi estas portalo, tra kiu la faraono povas atingi la ĉielan palacon. Ĉiu desegno, ĉiu sorĉformulo sur ĉi tiuj muroj estas gvidilo por lia spirito."

Ili eniris la funebran ĉambron, kie la statuo de la faraono staris. Ankhaf komencis la antikvan riton, delikate tuŝante la buŝon de la statuo per sankta ilo, dum li recitis la sorĉformulojn destinitajn por doni al la statuo la kapablon spiri kaj paroli en la postvivo.

"Vidu, Nebet, ĉi tiu rito certigas, ke la faraono povos plenumi siajn funkciojn en la postvivo, paroli kaj manĝi, ĝui la oferojn alportitajn al li," klarigis Ankhaf, dum li zorge sekvis ĉiun paŝon de la ceremonio.

Nebet, absorbita de la solena atmosfero, murmuris, "La zorgemo kaj respekto, kiujn ni donas al niaj reĝoj eĉ post ilia morto, vere montras nian kredon en la eterneco."

Post la ceremonio, ili ambaŭ paŝis eksteren en la noktan aeron, rigardante la piramidojn, kiuj brilis sub la luna lumo.

"La piramidoj estas nia heredaĵo al la mondo," diris Ankhaf, "signo de niaj kredoj, nia arto, kaj nia inĝenierarto. Ili staras kiel gardantoj de la eterneco, certigante, ke la spirito de la faraono vivos por ĉiam."

Nebet kapjesis, kun sento de humileco kaj fiero. "Nia laboro ĉi tie, ĉu kiel pastroj aŭ artistoj, kontribuas al tiu senĉesa vojaĝo de la animo. Ni estas parto de io multe pli granda ol ni mem."

Kun tiu konscio, Ankhaf kaj Nebet forlasis la funebran ĉambron, lasante la faraonon en paco, preta por lia vojaĝo al la postvivo, gvidata de la steloj kaj la benoj de la dioj.

1. Atingi - To reach
2. Ceremonio - Ceremony
3. Desegno - Design
4. Dioj - Gods
5. Eterneco - Eternity
6. Fresko - Fresco

7. Funebra - Funeral
8. Gardantoj - Guardians
9. Inĝenierarto - Engineering
10. Kredoj - Beliefs
11. Lerta - Skilled
12. Papiruso - Papyrus
13. Portalo - Portal
14. Sankta - Sacred
15. Sorĉformulo - Spell

La Sfinksoj kaj Anubis

En la ombroj de la grandaj piramidoj de Egiptujo, misteraj figuroj silente gardis la eternan ripozon de la faraonoj. Inter ili, la imponaj sfinksoj kaj la atenta Anubis, la dio de embalsamado kaj la postmorta mondo, ludis centran rolon en la protekto de la reĝaj tomboj.

Du amikoj, Neferet kaj Horuso, ambaŭ junaj pastroj, marŝis laŭ la vojo al unu el la piramidoj, diskutante la signifon de ĉi tiuj gardantoj.

"Ĉu vi iam pripensis la potencon de la sfinksoj, kiuj gardas niajn sanktajn lokojn?" Neferet demandis, rigardante la majestan figuron kun korpo de leono kaj kapo de faraono.

Horuso, kun profunda respekto en sia voĉo, respondis, "Ili estas simboloj de forto kaj saĝeco, kaj ankaŭ la gardistoj kontraŭ ĉiu malbono, kiu povus minaci la pacon de la faraonoj en la postvivo."

Ili haltis antaŭ la granda sfinkso, kies okuloj ŝajnis sekvi ilin kun silenta scio. "Kaj la sorĉoj ĉe la enirejoj," daŭrigis Neferet, "ili estas metitaj por teni for ŝtelistojn kaj malbonajn spiritojn, protektante la sanktecon de la piramidoj."

Horuso kapjesis, "Jes, kaj ne forgesu Anubis, nian gvidanton tra la postmorta mondo. Li gardas la spiritojn de la mortintoj, certigante, ke ili atingos la ĉielon sen malhelpoj."

Ili alproksimiĝis al la altaro, kie bildo de Anubis staris majesta. La du pastroj preparis sin por reciti preĝojn, iliaj voĉoj leviĝis en la silenta aero, petante pacon kaj protekton por la animoj ripozantaj en la piramidoj.

"Estas nia devo," diris Neferet, "certigi, ke la spiritoj de niaj faraonoj estas gardataj kaj ke ilia vojaĝo al la postvivo estas senĝena. La sfinksoj kaj Anubis mem estas niaj eternaj aliancanoj en ĉi tiu tasko."

Kun la fino de iliaj preĝoj, la du amikoj sentis pacan certecon, ke la antikvaj gardistoj de Egiptujo, kaj la magio, kiu envolvas ilin, daŭre protektos la sekretojn kaj trezorojn kaŝitajn ene de la piramidoj tra la jarcentoj kaj pretere.

1. Alproksimiĝis - Approached
2. Anubis - Anubis
3. Embalsamado - Embalming
4. Eternaj - Eternal
5. Gardistoj - Guardians
6. Imponaj - Imposing
7. Leono - Lion
8. Magio - Magic
9. Majestan - Majestic
10. Misteraj - Mysterious
11. Paco - Peace
12. Postmorta - Afterlife
13. Protekti - To protect
14. Ripozo - Rest
15. Sanktaj - Sacred

La Majstroverko de Konstruado

En la vasta dezerto de Egiptujo, kie la sablo renkontas la ĉielon, staras la imponaj piramidoj, atestantoj de la antikva egipta genio kaj persistemo. Du junaj esploristoj, Amasis kaj Iset, marŝis ĉe la piedo de unu el la grandaj piramidoj, mirante pri la konstruaĵoj antaŭ ili.

"Ĉu vi povas imagi la laboron, kiu estis necesa por transporti ĉi tiujn gigantajn ŝtonojn tra la dezerto?" demandis Amasis, rigardante la enormajn ŝtonblokojn.

Iset, kiu studis antikvan arkitekturon, respondis kun brilo en la okuloj, "Jes, kaj ĉiu ŝtono estis precize tajlita kaj metita kun nekredebla akurateco. Ili uzis rampojn kaj levilojn en manieroj, kiuj ankoraŭ mirigas arkitektojn kaj inĝenierojn hodiaŭ."

Ili paŝis pli proksimen al la piramido, por admiri la perfektan aliniigon de ĝiaj flankoj kun la kardinalaj direktoj. "La scio de la egiptaj arkitektoj pri geometrio kaj astronomio estis vere antaŭ sia tempo," diris Amasis. "Rigardu, kiel precize la Granda Piramido aliniĝas kun la norda stelo."

Iset aldonis, "Tio montras, ke ilia kompreno de la ĉielo kaj la tero estis ne nur por konstruado, sed ankaŭ por konekti ilin kun la dieco. La piramidoj estis pli ol tomboj; ili estis vojoj al la ĉielo por la faraonoj."

Dum ili marŝis ĉirkaŭ la piramido, ili renkontis grupon de laboristoj, kiuj rekonstruis parton de malnova rampo. "Ĉiuj en Egiptujo, de la plej malalta laboristo ĝis la plej alta pastro, unuiĝis por konstrui ĉi tiujn monumentojn," diris unu el la laboristoj. "Ĝi estis nia komuna celo, sankta misio."

Amasis kaj Iset finis sian viziton ĉe la loĝkvartalo de la laboristoj, kiu nun prosperis kiel komunumo de esploristoj kaj konservistoj. "La piramidoj ne nur transformis la pejzaĝon," diris Iset, "ili ankaŭ kreis komunumojn, kiuj vivis kaj laboris kune por atingi ion vere eternan."

Ili forlasis la piramidojn kun nova aprezo por la mirindaĵoj de antikva egipta inĝenierarto kaj arkitekturo, kaj por la homoj, kiuj, per siaj kolektivaj penoj, lasis heredaĵon, kiu daŭros milojn da jaroj.

1. Alineiĝo - Alignment
2. Antikva - Ancient
3. Arkitekturo - Architecture

4. Dezerto - Desert
5. Esploristoj - Explorers
6. Genio - Genius
7. Geometrio - Geometry
8. Heredaĵo - Legacy
9. Inĝenierarto - Engineering
10. Komunumo - Community
11. Konservistoj - Conservators
12. Leviloj - Levers
13. Persistemo - Perseverance
14. Rampoj - Ramps
15. Tomboj - Tombs

La Senmorta Mesaĝo de la Antikvuloj

La piramidoj de Egiptujo staras kiel senmortaj simboloj de la grandeco kaj enigma historio de antikva civilizacio. Tra la jarcentoj, ili inspiris senfinan admiron kaj scivolemon, altirante esploristojn, historiistojn, kaj turistojn por malkovri iliajn sekretojn.

Dum sunsubiro, du esploristoj, Layla kaj Ahmed, sidis ĉe la bazo de la Granda Piramido, rigardante ĝian imponan strukturon.

"Ĉu vi iam pensis pri la multenombraj homoj, kiuj venis ĉi tien tra la jarcentoj, serĉante komprenon kaj inspiron?" demandis Layla, ŝiaj okuloj reflektantaj la oran lumon de la subiranta suno.

Ahmed, kiu dediĉis sian vivon al la studo de la piramidoj, respondis, "Jes, la piramidoj estas multe pli ol nur tomboj aŭ monumentoj. Ili estas atestoj pri la klopodoj, kredoj, kaj atingoj de la antikva egipta popolo."

Ili diskutis kiel la piramidoj daŭre fascinas sciencistojn kaj mistikulojn egale. "La teknikoj kaj scioj bezonataj por konstrui tiajn strukturojn estas ankoraŭ temo de intensa esplorado," diris Layla. "Kaj la mitoj kaj rakontoj ĉirkaŭantaj ilian konstruadon daŭre riĉigas nian kulturan imagopovon."

Ahmed aldonis, "Ili ankaŭ memorigas nin pri la homa deziro atingi la eternan. En la piramidoj, ni vidas la klopodojn de antikvaj civilizacioj por konservi sian kulturon kaj scion por la estonteco."

Layla rigardis la stelojn, kiuj komencis brili en la ĉielo. "Kaj nun, ni, la postaj generacioj, portas tiun scion kaj misteron. La piramidoj instruas al ni pri la graveco de fido, arto, kaj scienco kiel iloj por espori la nekonatan kaj konservi nian komunan heredaĵon."

Dum ili leviĝis por foriri, Ahmed diris, "La piramidoj daŭre altiras homojn el ĉiuj anguloj de la mondo, serĉantajn kompreni la grandiozecon de la pasinteco. Ili restas kiel gardantoj de historio, simboloj de la kultura kaj spiritua serĉado de la homaro."

Kune, Layla kaj Ahmed marŝis hejmen en la malhela vespero, profundigitaj en pensoj pri la lecionoj kaj inspiro, kiujn la piramidoj ofertas al ĉiuj, kiuj serĉas kompreni la profundajn konektojn inter la pasinteco, la nuno, kaj la estonteco.

1. antikva - ancient
2. civilizacio - civilization
3. esploristo - explorer
4. historiisto - historian
5. inspiri - to inspire
6. klopodo - effort
7. konstrui - to build
8. kultura - cultural
9. mistero - mystery
10. monumento - monument
11. piramido - pyramid
12. scivolemo - curiosity
13. sunsubiro - sunset
14. tombo - tomb
15. turisto - tourist

La Batalo Inter Horuso kaj Setho

La Naskiĝo de Konflikto

En la koro de antikva Egiptujo, kie la dioj regis kaj gvidis, naskiĝis konflikto destinita ŝanĝi la sorton de la lando. Horuso, la filo de Osiriso kaj Izisa, estis naskita por heredi la tronon de Egiptujo. Tamen, Seto, lia onklo kaj frato de Osiriso, kontraŭstaris tiun destinon kun arda konvinko kaj ambicio.

Dum ili promenis laŭ la bordo de la Nilo, du loĝantoj de la regno, Anipu kaj Beket, diskutis la novaĵojn de la ĉiela kortego.

"Ĉu vi aŭdis, ke granda konsilio de la dioj estos kunvokita por decidi pri la legitimeco de Horuso al la trono?" demandis Anipu, liaj okuloj larĝe malfermitaj pro scivolemo.

Beket, kiu ĉiam havis profundan respekton por la tradicioj kaj la volo de la dioj, respondis, "Jes, mi aŭdis. La tuta Egiptujo atendas ilian decidon. Seto estas forta kaj ruza, sed Horuso havas la subtenon de Izisa kaj la saĝecon hereditan de sia patro, Osiriso."

Ili observis, kiel la preparoj por la konsilio estis faritaj, kun la dioj alvenantaj el ĉiuj anguloj de la universo por partopreni en la decido, kiu formos la estontecon de ilia mondo.

"Seto jam montris sian forton en la defioj," diris Anipu, pripensante la lastajn okazaĵojn. "Sed mi aŭdis, ke Horuso havas la protekton de magiaj sorĉoj donitaj de Izisa."

"La saĝo kaj magio de Izisa povas esti la ŝlosilo," Beket konsentis. "Sed la dioj proponis pli da defioj por testi ilin ambaŭ. Ĉu vi pensas, ke Horuso povas superi la ruzecon de Seto?"

"Definitive, se lia koro kaj celo estas puraj. Kaj kun la gvidado de sia patrino, li povas atingi miraklojn," diris Anipu, rigardante la ĉielon, kie la dioj jam komencis kunveni.

Kiam la suno malleviĝis, la du amikoj daŭrigis sian vojon hejmen, profundigitaj en pensoj pri la venonta konsilio. La sorto de Horuso kaj Seto estis ne nur batalo por la trono, sed ankaŭ simbolo de la eterna lukto inter ordo kaj ĥaoso, bono kaj malbono, reflektante la senfinan ciklon de vivo kaj morto, kiu regis la kosmon de la antikvaj egiptoj.

1. antikva - ancient
2. batalo - battle
3. ĉielo - sky
4. defio - challenge
5. dio - god
6. gvidi - to guide
7. heredi - to inherit
8. konflikto - conflict
9. koro - heart
10. legitimeco - legitimacy
11. magio - magic
12. naskiĝo - birth
13. regno - kingdom
14. saĝeco - wisdom
15. sorĉo - spell

La Batalo de Transformo kaj Intelekto

En la antikva regno de Egiptujo, la konflikto inter Horuso kaj Seto atingis novan etapon kun serio de defioj deklaritaj de la dioj. Ĉi tiuj provoj estis desegnitaj por testi ilian forton, saĝecon, kaj karakteron.

Dum la unua tago de la defioj, du amikoj, Taharqa kaj Neith, kolektiĝis kun aliaj vilaĝanoj ĉe la bordo de la Nilo por spekti la unikan batalon inter Horuso, kiu transformiĝis en majestan falkon, kaj Seto, kiu prenis la formon de masiva hipopotamo.

"Ĉu vi iam imagis vidi tian spektaklon?" ekscite demandis Taharqa, dum li rigardis la du gigantojn en iliaj bestaj formoj.

"Jen la potenco de la dioj," respondis Neith, ŝia voĉo plena de respekto. "Sed ankaŭ atesto pri la kuraĝo kaj persistemo de Horuso."

Poste, la dioj proponis alian defion: navigi en ŝipoj faritaj el ŝtono. Tio mirigis la spektantojn, kiuj ne povis kompreni kiel tia tasko eblus. Sed Horuso kaj Seto akceptis la defion sen hezito.

"Rigardu kiel Horuso uzas sian inteligentecon," murmuris Taharqa, observante Horuson konstrui sian ŝipon ne el vera ŝtono, sed el ligno kovrita per ŝtona ŝelo.

Neith ridetis, "Tio montras, ke ne ĉiam la plej forta venkas, sed la plej saĝa."

La plej elstara momento venis, kiam Izisa, en ŝia senĉesa subteno al sia filo, delikate trompis Seton. Ŝi alproksimiĝis al li en alivestiĝo kaj defiis lin, elprovante ne nur la fizikan forton, sed ankaŭ la moralan karakteron de la pretendantoj al la trono.

"La saĝeco kaj magio de Izisa estas senlimaj," diris Neith, admirante la manieron, per kiu ŝi subtile gvidis la eventojn favore al ŝia filo.

"Kaj ĝi instruas al ni," aldonis Taharqa, "ke en la koro de ĉiu defio, estas leciono por lerni, ne nur pri niaj kapabloj, sed ankaŭ pri nia interno."

La defioj finiĝis kun Horuso, kiu, per sia inteligenteco kaj la subtila gvido de sia patrino, triumfis super la ruzaĵoj de Seto. La vilaĝanoj disiĝis, meditante pri la eventoj, kiuj ne nur estis spektaklo de dia potenco, sed ankaŭ profundaj lecionoj pri justeco, saĝeco, kaj la vera esenco de regado.

1. antikva - ancient
2. batalo - battle
3. defio - challenge
4. dio - god
5. esenco - essence
6. faŭko - falcon
7. gvido - guidance
8. hipopotamo - hippopotamus
9. inteligenteco - intelligence
10. justeco - justice

11. kuraĝo - courage
12. navigi - to navigate
13. persistemo - persistence
14. regado - governance
15. saĝeco - wisdom

La Elekto de la Ĉielo

Post intensaj kaj elĉerpaj defioj inter Horuso kaj Seto, alvenis la momento por la dioj de Egiptujo kunveni kaj decidi la sorton de la trono. En granda ĉambro, kie la muroj mem ŝajnis murmuri kun la voĉoj de la pasinteco, la plej altaj el la dioj kolektiĝis por aŭskulti kaj juĝi.

Du fideluloj, Sekhmet kaj Ptaho, ambaŭ devotaj servantoj de la panteono, staris ekstere, atendante kun streĉita anticipado.

"Kion vi pensas, ke la dioj decidus?" demandis Sekhmet, ŝia voĉo malalta kaj zorgoplena.

Ptaho, ĉiam la pensulo, respondis, "Mi fidas, ke Ra kaj la aliaj vidos la veron kaj justecon en Horuso. Liaj kvalitoj kaj la subteno de Osiriso devus esti decidaj."

Interne, la konsilio komenciĝis. Ra, la potenca dio de la suno, esprimis sian admiron por la persistemo kaj kuraĝo montrita de Horuso dum la defioj. La silento, kiu sekvis lian parolon, estis preskaŭ palpebla, ĉar ĉiuj atendis la venontan intervenon.

Subite, voĉo el la postvivo resonis tra la ĉambro. Ĝi estis Osiriso mem, kiu, eĉ en morto, restis reganto kaj gvidanto. "Mi petas vin, miaj fratoj kaj fratinoj," li diris, "rekoni mian filon, Horuson, kiel la legitimulo al la trono de Egiptujo."

La interveno de Osiriso alportis novan pezecon al la debato. Maât, la personigo de ordo kaj justeco, levigis sian voĉon, "Ni devas agi laŭ la principoj de vero kaj ekvilibro. La deziroj de Osiriso kaj la evidentaj virtoj de Horuso montras al ni la vojon."

Post longa kaj zorgema konsiderado, la dioj unuanime decidis favore al Horuso. La ĉambro pleniĝis per lumo, simbolo de ilia aprobo kaj beno.

Ekstere, kiam la novaĵo disvastiĝis, Sekhmet kaj Ptaho elspiris kun reliefita ĝojo. "La justeco de Maât gvidis ilin," diris Ptaho, ridetante.

Sekhmet aldonis, "Nun, Horuso povas unuigi Egiptujon kaj gvidi nin al nova epoko de paco kaj prospero."

La decido de la dioj ne nur markis la finon de la konflikto inter Horuso kaj Seto, sed ankaŭ la komencon de nova ĉapitro por Egiptujo. Horuso, nun rekonita kiel la legitima reganto, estis preta preni la tronon kaj plenumi sian destinon kiel gvidanto de sia popolo, sub la vigla okulo de la dioj.

1. anticipado - anticipation
2. ĉambro - chamber
3. decidi - to decide
4. devota - devoted
5. fidelulo - loyalist
6. interveno - intervention
7. juĝi - to judge
8. konsiderado - consideration
9. konsilio - council
10. murmur - to murmur
11. panteono - pantheon
12. personigo - personification
13. sorto - fate
14. streĉita - tense
15. trono - throne

La Aŭroro de Nova Epoko

Post la decidaj eventoj, kiuj konfirmis la legitimecon de Horuso kiel la vera heredanto de la trono de Egiptujo, venis tempo de granda ŝanĝo kaj renoviĝo tra la regno. Horuso, nun kronita kiel la faraono, enkondukis novan epokon de prospero kaj paco.

Dum la preparoj por la kronado, du civitanoj de la regno, Asenat kaj Meketre, renkontiĝis sur la placo antaŭ la granda templo de la dioj.

"Ĉu vi povas kredi, ke ni finfine vidos la komencon de paco en Egiptujo?" demandis Asenat, ŝia voĉo plena de espero.

Meketre, liaj okuloj brilantaj pro antaŭĝojo, respondis, "Estas nova tagiĝo por nia lando. Kun Horuso ĉe la gvidado, ni povas atendi nur bonon."

Kun la beno de la dioj, Horuso entreprenis serion de reformoj por unuigi la regnon. Li fortigis la defendojn, renovigis la komercvojojn, kaj certigis, ke la temploj estis restarigitaj al ilia antaŭa gloro.

"Vidu, kiel la temploj denove brilas," diris Asenat, dum ili marŝis tra la renovigita sanktejo dediĉita al Izisa. "La adorado kaj festadoj povas denove flori en honoro de niaj dioj."

Meketre aldonis, "Kaj la popolo de Egiptujo nun havas veran gvidanton, kiu protektas kaj gvidas ilin. Horuso ne nur venkis Seton, sed ankaŭ montris sian kapablon regi kun justeco kaj kompato."

La jara festado de la venko de Horuso super Seto rapide fariĝis grava parto de la kulturo kaj spirita vivo de Egiptujo. Ĝi ne nur rememorigis la civitanojn pri la triumfo de ordo super ĥaoso, sed ankaŭ plifortigis la senton de nacia unueco kaj fiero.

"Ĉiufoje, kiam ni festas la venkon de Horuso, ni rememoras la forton, kiun ni havas kiam ni staras unue," diris Asenat, observante la preparojn por la festado.

Meketre kapjesis, "Jes, ĝi estas simbolo de nia eterna ligilo al la pasinteco kaj nia komuna espero por la estonteco."

Sub la regado de Horuso, Egiptujo spertis periodon de nekutima paco kaj stabileco. La popolo rigardis al sia faraono kiel la fonto de sia bonfarto kaj la gardanto de siaj plej sanktaj tradicioj. Kaj dum la steloj brilis super la dezerto, la regno de Horuso estis celebrata kiel la komenco de ora epoko por Egiptujo, kiu estus memorata tra la jarcentoj.

1. adorado - worship

2. antaŭĝojo - anticipation
3. beno - blessing
4. civitano - citizen
5. defendo - defense
6. epoko - era
7. espero - hope
8. festado - celebration
9. gvidanto - leader
10. komercvojo - trade route
11. kronado - coronation
12. paco - peace
13. regno - kingdom
14. renoviĝo - renewal
15. sanktejo - sanctuary

La Eterna Mesaĝo de Horuso kaj Setho

Tra la sablo de antikva Egiptujo, la rakonto pri la konfrontiĝo inter Horuso kaj Seto estis zorge konservita kaj transdonita de generacio al generacio. Ĝi fariĝis multe pli ol simpla mito; ĝi estis la fundamento de morala kaj spirita gvidado por la egipta popolo.

Dum ili marŝis laŭ la vasta etendo de la Nilo, du saĝuloj, Kagemni kaj Amenemope, diskutis pri la signifo de ĉi tiu antikva heredaĵo.

"La rakonto de Horuso kaj Seto instruas nin pri la eterna batalo inter ordo kaj ĥaoso, inter lumo kaj mallumo," diris Kagemni, lia voĉo plena de profunda respekto por la antikvaj tradicioj.

Amenemope aldonis, "Kaj ĝi montras al ni la gravecon de justeco kaj la rolon de la dioj en niaj vivoj. Ĉiufoje, kiam la pastroj recitas la Batalojn, ni estas memorigitaj pri la forto, kiun justeco havas por triumfi super maljusteco."

La du viroj haltis antaŭ unu el la multaj temploj dediĉitaj al Horuso. La muroj estis ornamitaj per viglaj pentraĵoj montrantaj la triumfon de Horuso super Seto.

"Rigardu, kiel la artistoj eternigis la venkon de Horuso," rimarkigis Kagemni. "Ili ne nur kaptis la eventojn, sed ankaŭ la spiritan signifon malantaŭ ili."

Amenemope meditis pri la influo de la rakonto sur la regantoj de Egiptujo. "La faraonoj vidis sin kiel la teraj reprezentantoj de Horuso, portantoj de lia justeco kaj protektantoj de la regno. Tiu identiĝo kun Horuso plifortigis ilian legitimecon kaj ilian devon al sia popolo."

La du saĝuloj finfine alproksimiĝis al la interna sanktejo, kie pilgrimantoj kolektiĝis por peti gvidadon kaj benojn. "La temploj de Horuso ne estas nur ŝtonaj konstruaĵoj," diris Kagemni. "Ili estas vivantaj simboloj de nia strebado al ekvilibro, justeco, kaj harmonio en la mondo."

Dum ili foriris de la templo, Amenemope resumis, "La heredaĵo de Horuso kaj Seto instruas nin pri la potenco de persistemo, la valoro de legitimeco, kaj la nepreco de justeco. Ĝi estas atesto pri nia senĉesa serĉado de lumo en la mallumo, de ordo en la mezo de ĥaoso."

Kaj tiel, la senmorta rakonto de Horuso kaj Seto daŭre lumigas la vojon por tiuj, kiuj serĉas komprenon kaj inspiron en la komplekseco de la homa ekzisto, servante kiel ponto inter la pasinteco kaj la estonteco, inter la tero kaj la ĉielo.

1. antikva - ancient
2. batalo - battle
3. ĉambro - chamber
4. devon - duty
5. ekvilibro - balance
6. gvidado - guidance
7. harmonio - harmony
8. heredaĵo - heritage
9. justeco - justice
10. konfrontiĝo - confrontation
11. legitimeco - legitimacy
12. morala - moral

13. ordo - order
14. persistemo - perseverance
15. sacerdoto - priest

La Nokta Vojaĝo de Ra

La Subiro de la Suno

Ĉiun vesperon, Ra, la suna dio, komencis sian misterplenan vojaĝon tra la nokto. Kiam li malleviĝis ĉe la okcidenta horizonto, signante la finon de la tago, la mondo de la vivantoj lasis la lumon kaj eniris en la regnon de ombroj.

Dum du esploristoj, Akhen kaj Merit, observis la spektaklon de la subiranta suno ĉe la bordo de la Nilo, ili meditis pri la antikva mito.

"Apenaŭ mi povas imagi la danĝerojn, kiujn Ra devas alfronti dum sia nokta vojaĝo," diris Akhen, liaj okuloj fiksitaj sur la ruĝiĝanta ĉielo.

Merit, scivolema pri la antikvaj kredoj, aldonis, "La egiptoj kredis, ke ĉiu nokto estis batalo por Ra, vojaĝante en sia magia barĝo tra la submondo."

Ili pripensis la gravan rolon de la barĝo de milionoj da jaroj, magia ŝipo, kiu portis Ra'n sekure tra la nokto, navigante inter steloj kaj tenebroj, dum la luno kaj la steloj transprenis la ĉielon.

"Kaj tiam estas Apep," daŭrigis Akhen, "la giganta serpento, eterna malamiko de Ra, kiu ĉiunokte provas engluti la barĝon kaj estingi la lumon de la mondo."

Merit kapjesis, ŝia esprimo serioza, "Sed dank' al la protekto de la aliaj dioj, kiel Set, kiu batalas flanke de Ra kontraŭ Apep, la suno ĉiam revenas al ni ĉiumatene."

Dum ili spektis kiel la lastaj lumoj de la tago malaperis, iliaj koroj pleniĝis per admiro por la forto kaj persistemo de Ra, kiu simbolis la eternan lukton inter lumo kaj mallumo, bono kaj malbono.

"La antikvaj egiptoj vere komprenis la signifon de ĉi tiu ciklo," diris Merit, "Vidi ĝin kiel metaforon por niaj propraj bataloj, niaj propraj vojaĝoj tra mallumo al lumo."

Kaj tiel, dum la steloj ekbrilis en la nokta ĉielo, Akhen kaj Merit sentis konekton kun tiuj antikvaj tempoj, inspiritaj de la mitoj kaj legendoj, kiuj daŭre gvidas kaj lumigas la vojon tra la mallumo, rememorigante nin pri la potenco de renaŝo kaj la sencesa ciklo de la vivo.

1. admiro - admiration
2. antikva - ancient
3. barĉo - barge
4. batalo - battle
5. ciklo - cycle
6. danĝero - danger
7. esploristo - explorer
8. horizonto - horizon
9. legendo - legend
10. lumo - light
11. magia - magical
12. malleviĝi - to descend
13. mito - myth
14. nokta - nocturnal
15. ombro - shadow

La Ombraj Teroj Sub la Tero

En la koro de la nokto, la vojaĝo de Ra tra la submondo komenciĝis, alfrontante danĝerojn kaj defiojn neimageblajn por la vivantoj de la supra mondo. La submondo estis loĝata de miriadoj da mitologiaj estaĵoj kaj demonoj, kun Apep, la giganta serpento, kiel ĝia plej timinda loĝanto kaj la ĉefa malamiko de Ra.

Dum ili rigardis la ĉielon kovritan de steloj, du novaj esploristoj, Sobek kaj Izisa, diskutis pri la teruroj, kiujn Ra alfrontis ĉiun nokton.

"Imagu la teruron renkonti Apep, kies sola deziro estas engluti la sunon kaj mergi la mondon en eterna mallumo," diris Sobek, lia voĉo plena de miro kaj timo.

Izisa, kiu studis la mitojn de la antikvaj egiptoj, respondis, "Sed Ra neniam estis sola. Li havis la subtenon kaj protekton de aliaj dioj, inkluzive de Set, la dio de ĥaoso, kiu, malgraŭ siaj propraj ligoj al la mallumo, batalis ĉe la flanko de Ra kontraŭ Apep."

Ili pripensis la ironion, ke Set, ofte vidata kiel estro de malordo kaj malbono, ludis ŝlosilan rolon en la defendo de la suna barĝo kontraŭ la voranta serpento. "Ĝi montras, ke eĉ en la plej mallumaj momentoj, povas esti trovita unueco inter la dioj por la pli granda bono," diris Sobek, pensante pri la komplekseco de la egipta mitologio.

Izisa aldonis, "Kaj la sorĉoj kaj incantacioj, prononcitaj de la pastroj ĉiun nokton, certigis, ke Ra kaj lia barĝo restu protektitaj. Niaj antaŭuloj metis sian fidon en ĉi tiujn ritualojn, esperante la revenon de la suno ĉiun matenon."

Dum ili meditis pri la signifo de ĉi tiuj rakontoj, Sobek kaj Izisa konsciis pri la profundeco de la kredo de la egiptoj en la cikla naturo de la vivo kaj la batalo inter lumo kaj mallumo. La vojaĝo de Ra tra la submondo ne estis nur fizika vojaĝo, sed ankaŭ metaforo por la ĉiutaga batalo kontraŭ la fortoj de malbono kaj la espero por renaŝo kaj rekomenco.

Kaj tiel, dum la nokto profundiĝis, la du amikoj sentis sin pli proksimaj al la antikva mondo de siaj prauloj, pli plene komprenante la senĉesan lukton por ekvilibro kaj harmonio en la universo, simbolitan per la eterna batalo de Ra kontraŭ Apep en la submondo.

1. antikva - ancient
2. batalo - battle
3. demono - demon
4. esploristo - explorer
5. eterna - eternal
6. incantacio - incantation
7. kredo - belief
8. mallumo - darkness
9. mitologia - mythological
10. nokto - night
11. prêtraro - priesthood

12. rekomenco - renewal
13. renaŝo - rebirth
14. submondo - underworld
15. teruro - terror

La Magia Ŝildo Kontraŭ la Nokto

Dum la vojaĝo de Ra tra la danĝeroj de la submondo daŭris, la protekto de lia suna barĝo estis de plej alta graveco. La barĝo, plena de magio, estis kapabla navigi ne nur sur la akvoj de la Nilo, sed ankaŭ tra la misteraj vojoj de la ĉielo kaj la ombraj teroj de la submondo.

Dum ili sidis ĉe la forno de la templo, du pastroj, Nebet kaj Ankh, preparis la necesajn objektojn por la noktaj ritualoj.

"Ĉu vi iam pensis pri la forto de niaj sorĉoj kaj incantacioj?" demandis Nebet, dum ŝi zorge metis amuletojn sur la altaron.

Ankh, koncentrita pri sia tasko, respondis, "Ili estas la esenco de nia fido kaj devoteco al Ra. Per niaj vortoj kaj oferoj, ni konstruas nevideblan ŝildon ĉirkaŭ la barĝo, gardante ĝin kontraŭ la danĝeroj de la nokto."

La du pastroj diligente plenumis la antikvajn ritojn, ĉiu movo kaj ĉiu vorto plena de profunda signifo kaj celo. "Niaj preĝoj al Ra ne estas nur petoj por lia sekureco," diris Nebet, "ili ankaŭ esprimas nian esperon kaj fidon, ke li revenos al ni ĉiumatene, venkinte la tenebrojn."

Ankh levis unu el la amuletoj, ĝia surfaco gravurita per potencaj simboloj. "Kaj ne forgesu la potencon de ĉi tiuj amuletoj kaj talismanoj. Ili funkcias kiel malgrandaj bastionoj de lumo kaj protekto, ne nur por Ra, sed ankaŭ por ĉiuj, kiuj portas ilin."

Dum la nokto plifortiĝis ekstere, la lumo de iliaj preĝoj kaj la energio de la amuletoj plenigis la templan ĉambron, kreiĝante atmosferon de paco kaj sekureco. "Niaj ritoj kaj preĝoj," meditis Nebet, "ligas nin kun Ra kaj la eterna ciklo de renaskiĝo kaj lumo. Ili memorigas nin, ke malgraŭ la mallumo, ĉiam estos reveno al lumo."

Kaj tiel, dum Ra batalis siajn noktaj batalojn en la submondo, la pastroj de Egiptujo restis viglaj, armitaj per sia fido kaj magiaj praktikoj, certigante, ke la suno ĉiam havu vojon reen al la ĉielo, por denove lumigi la mondon.

1. altaro - altar
2. amuleto - amulet
3. barĉo - barge
4. batalo - battle
5. ĉambron - chamber
6. danĝero - danger
7. devoteco - devotion
8. fido - faith
9. forno - furnace
10. incantacio - incantation
11. magio - magic
12. nokto - night
13. preĝo - prayer
14. protekto - protection
15. ritualo - ritual

La Venko de Lumo

Kun la unuaj lumoj de la tagiĝo, la horizonto ekbrilis kun la promeso de nova tago. Ra, venkinte la danĝerojn de la nokto kaj triumfinte super Apep, leviĝis majeste ĉe la orienta rando de la mondo, anoncante la komencon de renaskiĝo kaj espero.

Dum ili rigardis la ĉielon klariĝi, du vilaĝanoj, Tia kaj Ramses, partumis momenton de trankvila kontemplado.

"Ĉu vi sentas ĝin, Tia? La potencon de la nova tago, la ĝojon de alia venko de Ra," diris Ramses, lia voĉo plena de admiro kaj respekto.

Tia kapjesis, ŝia esprimo montrante profundan kontenton. "Ĉiu tagiĝo estas memorigilo pri la nevenkebleco de lumo super mallumo. La venko de Ra estas nia venko."

Ili marŝis al la plej proksima templo, kie la komunumo jam komencis kunveni por la matenaj preĝoj kaj oferoj. La aero vibris kun la sonoj de kantoj kaj la aromo de brulanta incenso, dum ĉiu animo prezentis sian dankon kaj adoron al la suna dio.

"Rigardu, kiel la homoj kunvenas, unuigitaj en sia fido kaj espero," rimarkigis Tia, observante la homamasojn enirantajn la templan pordegon. "Ĉiu tagiĝo ne nur alportas lumon al la mondo, sed ankaŭ renovigas nian spiriton."

Ramses klinis sian kapon en silenta preĝo, lia koro plena de dankemo. "La ĉiutaga venko de Ra super Apep instruas al ni la gravecon de persistemo kaj kredo. Malgraŭ la defioj, kiujn ni povas alfronti, la lumo ĉiam revenos."

Kiam la suno plene leviĝis super la horizonto, iluminante la teron kaj disigante la restantajn ombrojn de la nokto, la vilaĝanoj, plenigitaj per nova energio kaj inspiro, komencis siajn tagojn, ĉiu tasko kaj ĉiu momento plifortigitaj per la ĉeesto de Ra en la ĉielo.

La renaskiĝo de la tagiĝo, kiel ĉiutage celebrata de la egiptoj, estis ne nur fizika evento, sed ankaŭ profunda spirita sperto, rememorigante ĉiun animon pri la cikla naturo de la vivo kaj la eterna batalo inter fortoj de lumo kaj mallumo, bono kaj malbono, kun la neretenebla suno ĉiam gvidante la vojon al rekomenco kaj purigo.

1. admiro - admiration
2. amuleto - amulet
3. aromo - aroma
4. batalo - battle
5. cikla - cyclical
6. dankemo - gratitude
7. defio - challenge
8. incenso - incense
9. kontemplado - contemplation
10. nevenkebleco - invincibility
11. ofero - offering
12. pordego - gate

13. preĝo - prayer
14. renaskiĝo - rebirth
15. tagiĝo - dawn

La Eternaj Instruoj de Ra

La mito pri la nokta vojaĝo de Ra tra la submondo portis profundan signifon, kiu resonis tra la jarcentoj en la koroj kaj mensoj de la egiptaj popoloj. Ĝi simbolis la fundamentan ciklon de vivo, morto, kaj renaskiĝo, instruante pri la forto de persistemo kaj la eterna espero en la triumfo de lumo super mallumo.

Dum vespera kunveno en la vilaĝa placo, du saĝuloj, Hathor kaj Ptahhotep, diskutis la vastan influon de ĉi tiu antikva rakonto.

"Hathor, ĉu vi konsentas, ke la vojaĝo de Ra estas pli ol simpla rakonto? Ĝi reflektas la vivon mem, kun ĝiaj defioj kaj renoviĝoj," demandis Ptahhotep, liaj okuloj serĉantaj profundajn verojn.

"Komplete, Ptahhotep. Ĝi instruas nin, ke malgraŭ la plej mallumaj noktoj, nova tagiĝo ĉiam atendas nin. Ĝi estas mesaĝo de espero, kiu instigas nin alfronti niajn proprajn batalojn kun kuraĝo kaj fido," respondis Hathor, ŝia voĉo plena de konvinko.

Ili diskutis, kiel la mito estis teksita en la teksaĵon de la egipta kulturo, influante ĉion, de la grandiozaj piramidoj kaj temploj ĝis la plej intimaj preĝoj kaj festoj de la popolo.

"Kaj ne forgesu la arton kaj literaturon," aldonis Ptahhotep. "La bildo de Ra, lumiganta la ĉielon post sia venko super Apep, estas ĉiea. Ĝi memorigas nin pri la potenco de renaŝo kaj lumo."

Hathor kapjesis, "Jes, kaj eĉ en niaj modernaj tempoj, la rakonto daŭre inspiras. Ĝi parolas al la universala sperto de homaro, nia strebo al signifo kaj la serĉado de lumo en la mallumo."

Dum la nokto profundiĝis, la du amikoj daŭrigis sian konversacion, dividante rakontojn kaj meditojn pri la vivoj de siaj prauloj kaj la senĉesa influo de la mito de Ra. Ili rekonis, ke la vojaĝo de Ra ne nur estis kernpilastro de la antikva egipta religio kaj kosmologio, sed ankaŭ vivanta simbolo de la homa sperto, portanta mesaĝojn de rezisto, renaŝo, kaj espero, kiuj restas signifaj ĝis hodiaŭ.

1. antikva - ancient
2. arto - art
3. batalo - battle
4. ciklo - cycle
5. defio - challenge
6. espero - hope
7. festado - celebration
8. fido - faith
9. kulturo - culture
10. literaturo - literature
11. mito - myth
12. nokto - night
13. piramido - pyramid
14. renoviĝo - renewal
15. templo - temple

La Legendo de la Ĉielino Nut kaj la Ĉielo

La Naskiĝo de Nut

Iam, en antikva Egiptio, estis dioj, kiuj regis ĉion, de la rivero Nilo ĝis la vasta ĉielo super ĝi. Inter ili, Nut, la diino de la ĉielo, brilis plej hele. Ŝi estis la filino de Ŝuo, la dio de la aero, kaj Tefnut, la diino de humideco. Nut estis unika, ne kiel iu ajn alia. Ŝi havis la formon de virino, kiu etendiĝis tra la ĉielo, ŝia korpo brilante per la lumo de mil steloj.

"Patrino, patro," Nut diris unu tagon, "mi sentas min tiel vasta kaj plena de lumo. Kiel mi povas plej bone uzi mian forton?"

Ŝuo, ŝia patro, kun dolĉa rideto, respondis, "Nut, vi estas la gvidanto de la suno, la luno, kaj ĉiuj steloj. Vi protektas ilin kaj gvidas ilin en iliaj vojaĝoj tra la ĉielo."

Nut sentis grandan respondecon kaj honoron. Ŝi zorgeme observis la ĉielajn korpojn, certigante, ke ĉiu el ili sekvas sian destinon.

Sed ne ĉio estis laboro kaj devo. Nut havis koron kapablan ami, kaj ŝi baldaŭ trovis sin enamiĝinta al Geb, la dio de la tero. Ilia amo estis forta kaj pura, sed ĝi alportis kun si serion de defioj, ĉar ilia unio minacis kunfandi la ĉielon kaj la teron.

Ra, la potenca dio de la suno, malkonsentis kun ilia amo. "Vi ne povas esti kune," li deklaris. "Via amo minacas la ekvilibron de la mondo."

Nut kaj Geb estis koraŝiritaj. Sed Thot, la dio de saĝo, proponis solvon. Li intervenis, helpante Nut en maniero, kiu montris ilian amon kaj ankaŭ konservis la ekvilibron de la mondo.

Nut devis alfronti la koleron de Ra, kiu malpermesis al ŝi naski infanojn dum la tradiciaj tagoj de la jaro. Sed kun la helpo de Thot, Nut trovis esperon. Thot ludis ludadon de saĝo kontraŭ la luno kaj gajnis kvin ekstrajn tagojn, kreadante ŝancon por Nut naski siajn infanojn.

Dum tiuj magiaj tagoj, Nut donis vivon al kvin infanoj, ĉiu kun sia propra destino kaj rolo en la egipta mitologio: Osiris, la estonta reĝo de dioj kaj homoj; Horuso la Maljuna, la dio de la ĉielo; Seth, la dio de ĥaoso kaj ŝtormoj; Izisa, la diino de magio kaj resanigo; kaj Nephtys, la diino de morto kaj renaskiĝo.

La heredaĵo de Nut estis granda. Ŝi estis adorata kiel la patrino de dioj kaj la gardanto de la ĉielo. La egiptoj honoris ŝin kiel la protektanton de la mortintoj, gvidante iliajn animojn al la postvivo. Ŝia bildo, ornamita per steloj kaj velkanta super la mondo, ornamis templojn kaj tombojn, memorigante ĉiujn pri la ciklo de vivo, morto, kaj renaskiĝo.

Nut kaj Geb, reprezentante la ĉielon kaj la teron, simbolis la eternan union inter la du. Nut, kiel la figuro de la ĉiela volbo, estis centra en la kreaj mitoj de antikva Egiptio, instruante la popolon pri la graveco de harmonio kaj ekvilibro en la universo.

La legendo de Nut vivas en la koroj de tiuj, kiuj rigardas la stelojn kaj memoras la antikvan scion pri la ĉielo kaj ĝiaj gardantoj.

1. adorata - adored
2. amuleto - amulet
3. ĉielino - goddess
4. defio - challenge
5. devo - duty
6. ekvilibro - balance
7. espero - hope
8. harmonio - harmony
9. infanoj - children
10. koro - heart
11. lumo - light
12. mitologio - mythology
13. naskiĝo - birth
14. postvivo - afterlife
15. respondeco - responsibility

La Malpermesita Amo

En la antikva mondo de dioj kaj mitoj, la amo inter Nut, la diino de la ĉielo, kaj Geb, la dio de la tero, floris. Ilia amo estis tiel profunda kaj potenca, ke ĝi minacis kunfandi la ĉielon kaj la teron en unu. Sed tiu amo ne estis akceptita de ĉiuj.

Ra, la majesta dio de la suno, rigardis ilian union kun malaprobo. "Via amo estas danĝera," li diris al ili per voĉo plena de potenco kaj aŭtoritato. "Ĝi minacas la ekvilibron de la mondo. Mi ne povas permesi, ke tio okazu."

Nut kaj Geb renkontiĝis sekrete, zorgante ke neniu malkovru ilian amon. "Mi ne povas imagi vivon sen vi," flustris Nut, dum ŝi rigardis en la okulojn de Geb.

Geb, kun vizaĝo plena de amo kaj maltrankvilo, respondis, "Ni trovos manieron esti kune, malgraŭ la malpermeso de Ra. Nia amo estas pli forta ol iu ajn malpermeso."

Sed ilia sekreta renkontiĝo estis malkovrita, kaj la novaĵo atingis Ra. Plenigita de kolero, li decidis interveni kaj definitive malpermesi ilian amon.

Tamen, ne ĉiuj dioj estis kontraŭ ilia unio. Thot, la dio de saĝo kaj inteligento, kompatis la amantojn. Li alproksimiĝis al Nut kaj Geb, proponante sian helpon.

"Mi aŭdis pri viaj problemoj," diris Thot, "kaj mi volas helpi. Eble ekzistas maniero superi la malpermeson de Ra."

Nut, kun espero en ŝiaj okuloj, demandis, "Ĉu vere ekzistas maniero? Ni farus ĉion por esti kune."

Thot ridetis mistere. "Estas vojo, sed ĝi postulas ruzon kaj saĝon. Mi povas provi negoci kun Ra, aŭ eble trovi alian solvon. Sed vi devas esti pretaj alfronti la defiojn."

Geb, dankema pro la subteno de Thot, aldonis, "Ni estas pretaj fari ĉion. Via helpo signifas ĉion por ni."

Do, Thot laboris pri sia plano, uzante sian saĝon por serĉi solvon, kiu permesus al Nut kaj Geb esti kune sen detrui la ekvilibron de la mondo.

La malpermesita amo inter Nut kaj Geb restis forta, malgraŭ la defioj kaj malaproboj. Ilia rakonto estas atestaĵo pri la forto de vera amo kaj la longeco, al kiu oni pretas iri por esti kun la persono, kiun ili amas. La interveno de Thot malfermis novan ĉapitron en ilia amo, unu plena de espero kaj promesoj por la estonteco.

1. amanto - lover
2. aŭtoritato - authority
3. ĉapitro - chapter
4. ĉielino - goddess
5. danĝera - dangerous
6. defio - challenge
7. ekvilibro - balance
8. flustris - whispered
9. interveno - intervention
10. malaprobo - disapproval
11. malpermeso - prohibition
12. mito - myth
13. promeso - promise
14. saĝo - wisdom
15. sekrete - secretly

La Malbeno de Ra

Post la malaprobo de ilia amo fare de Ra, la situacio inter Nut kaj Geb fariĝis pli malfacila. Ra, kolera pro la defio de Nut al lia aŭtoritato, decidis puni ŝin per severa malbeno. "Pro via malobeo," deklaris Ra per tono, kiu resonis tra la ĉielo kaj la tero, "vi ne povos naski en iu ajn el la 360 tagoj de la jaro."

Nut, aŭdinte la vortojn de Ra, sentiĝis malespera kaj koraŝirita. Ŝi ne povis imagi vivon sen la ebleco dividi sian amon kun Geb per iliaj infanoj. Kun peza koro, ŝi serĉis Thot, la saĝan kaj ruzan dion, esperante ke li povus trovi solvon.

"Thot," ŝi diris, kun voĉo tremanta pro emocio, "Ra malpermesis al mi naski dum la tuta jaro. Ĉu ekzistas iu ajn maniero superi ĉi tiun malbenon?"

Thot, kun sia kutima kalmo kaj inteligento, pensis momenton antaŭ ol respondi. "Mi pripensos vian situacion, Nut. Eble ekzistas vojo superi la malbenon de Ra. Donu al mi iom da tempo."

Post profunda meditado kaj konsidero, Thot elpensis ideon. Li decidis alfronti la Lunon en ludo de saĝo kaj ruzo - ludo de ĵetkuboj. La vetludo estis simpla sed riska, kun alta risko, sed ankaŭ kun la eblo gajni grandan rekompencon.

La ludo estis intensa, kun ĉiu ĵeto plena de tensio. Fine, per kombino de saĝo kaj fortuno, Thot venkis. Kiel rezulto de sia venko, li sukcesis konvinki la Lunon doni al li parton de ĝia lumo, kreante tiel kvin tagnoktojn ekster la kalendaro de Ra.

"Nut," diris Thot, revenante kun novaĵoj pri sia sukceso, "mi gajnis al vi kvin ekstrajn tagojn. Dum ĉi tiuj tagoj, kiuj ne apartenas al la kalendaro de Ra, vi povos naski."

Nut, plena de dankemo kaj ĝojo, ĉirkaŭbrakis Thot. "Via saĝo kaj bonkoreco savis min," ŝi diris kun larmoj de feliĉo. "Nun mi povos havi infanojn kun Geb, malgraŭ la malbeno de Ra."

Dank' al la ruzo de Thot, Nut povis superi la malbenon de Ra. Dum la kvin magiaj tagoj, kiujn Thot kreis, Nut naskis kvin infanojn, ĉiu el ili estonta potenca dio aŭ diino en sia propra rajto. Ĉi tiu ago ne nur savis la estontecon de Nut kaj Geb, sed ankaŭ aldonis novan dimension al la egipta mitologio, kreante spacon en la kalendaro kaj en la koroj de la popolo por la magio de ebla maleblo.

1. aŭtoritato - authority
2. dankemo - gratitude
3. defio - challenge
4. despera - desperate
5. emocio - emotion
6. ĵetkuboj - dice
7. kalmeco - calmness
8. koroŝirita - heartbroken
9. ludo - game
10. malaprobo - disapproval
11. malbeno - curse
12. meditado - meditation
13. ruzo - cunning

14. saĝo - wisdom
15. tensio - tension

La Naskiĝo de la Dioj

En la magia mondo de antikva Egiptio, la kvin ekstraj tagoj kreitaj de Thot alportis mirindajn eventojn. Dum ĉi tiuj tagoj, Nut, la diino de la ĉielo, plenumis sian plej profundan deziron — ŝi fariĝis patrino al kvin eksterordinaraj infanoj, ĉiu destinita fariĝi potenca dio aŭ diino.

La unua tago estis plena de lumo kaj espero, kiam Nut naskis Osirison, kiu estus konata kiel la reĝo de la dioj kaj la gvidanto de la homoj. Osiriso estis simbolo de bono kaj justeco, amata de ĉiuj.

"Mi sentas grandan potencon en ĉi tiu infano," diris Nut, miregante sian unuan filon. "Li estos gvidanto kaj protektanto."

La dua tago alportis la naskiĝon de Horuso la Maljuna, la dio de la ĉielo. Liaj okuloj brilis kiel la suno kaj la luno, kaj li promesis protekti la regnon de la ĉielo kun forto kaj kuraĝo.

Nut ridetis al sia dua filo kaj diris, "Via brilo gvidos la mondojn, mia filo. Vi estos nia lumo en la mallumo."

La tria tago estis markita per la alveno de Seth, la dio de ĥaoso kaj ŝtormoj. Malgraŭ la timo, kiun lia potenco povus inspiri, Nut akceptis lin kun egala amo.

"Seth, via forto estos defio, sed ankaŭ fonto de ŝanĝo," ŝi flustris al la dormanta infano.

La kvara tago vidis la naskiĝon de Iziso, la diino de magio kaj resanigo. Ŝia saĝo kaj kompreno pri la naturoj de la vivo kaj la morto promesis alporti ekvilibron kaj harmonion.

"Iziso, via kapablo sanigi kaj protekti estas senlima," diris Nut, admirante sian filinon.

Fine, la kvina tago alportis al la mondo Nepthys, la diino de morto kaj renaskiĝo. Ŝia rolo estis esenca por la ciklo de vivo, helpante la animojn transiri al la postvivo.

"Via kompreno pri la fino kaj komenco donos komforton al multaj," promesis Nut al Nepthys.

La naskiĝo de ĉi tiuj kvin infanoj ne nur plenumis la deziron de Nut esti patrino, sed ankaŭ profundigis la riĉecon de la egipta mitologio. Ĉiu infano portis en si la semon de grandaj rakontoj kaj legendaj faroj, kiuj formus la kulturon kaj kredojn de antikva Egiptio por generacioj.

Nut kaj Geb, rigardante sian novan familion kun amo kaj fiero, sciis, ke iliaj infanoj portus ilian amon kaj forton tra la aĝoj, eternigante la ligon inter la ĉielo kaj la tero. La naskiĝo de la dioj estis momento de ĝojo kaj espero, kiu promesis novan epokon de ekvilibro kaj harmonio en la mondo.

1. amato - beloved
2. defio - challenge
3. deziro - desire
4. dio - god
5. diino - goddess
6. eksterordinara - extraordinary
7. espero - hope
8. harmonio - harmony
9. justeco - justice
10. kuraĝo - courage
11. lumo - light
12. magia - magical
13. mitologio - mythology
14. naskiĝo - birth
15. protektanto - protector

La Heredaĵo de Nut

En la vasta kaj mistera mondo de antikva Egiptio, Nut, la diino de la ĉielo, estis konsiderata unu el la plej gravaj kaj adorataj figuroj. Ŝia influo kaj heredaĵo estis sentataj tra ĉiuj aspektoj de egipta vivo kaj kredo. Ŝi estis la patrino de la dioj, la gardanto de la ĉielo, kaj la protektanto de la mortintoj, gvidante iliajn animojn dum ilia vojaĝo al la postvivo.

"Nut, nia granda ĉielino," preĝis sacerdoto sub la stelplena ĉielo, "protektu nin dum nia dormo kaj gvidu la animojn de niaj amatoj al la lumo de eterneco."

La egiptanoj adoris Nut kiel simbolon de protekto kaj konsolo. Ŝia bildo, vasta kaj stelornamita, brilis sur la muroj de temploj kaj tombaj ĉambroj, oferante silentan promeson de sekureco kaj eterna paco.

"Vidu," diris patro al sia filo, montrante al la pentraĵo de Nut etendita super la ĉielo, "Nut ĉiam gardas nin, de la momento kiam ni naskiĝas ĝis la tempo kiam ni transiras al la postvivo."

La rakontoj pri Nut kaj ŝia familio ne nur klarigis la originojn de la universo laŭ la egiptoj, sed ankaŭ instruis lecionojn pri la cikloj de vivo, morto, kaj renaskiĝo. Ŝia unio kun Geb, la dio de la tero, simbolis la eternan interligon inter la ĉielo kaj la tero, esenca por la ekvilibro kaj harmonio de la mondo.

"Nut kaj Geb, kune por ĉiam," murmuris juna knabino, rigardante la stelojn. "Ili montras al ni, ke amo kaj unueco povas krei harmonion en la universo."

Dum festivaloj, la egiptoj festis Nut, dankante ŝin pro la steloj kaj la ĉiela beleco. Ŝia ĉeesto en la mitologio ne nur celebris la kosmajn fortojn sed ankaŭ subtenis la kredon en la graveco de ekvilibro en ĉiu aspekto de la vivo.

"Nut, nia ĉiela gardanto, dankon pro la steloj, kiuj lumigas nian nokton kaj gvidas niajn vojojn," kantis la homoj dum la festado, levinte siajn manojn al la ĉielo.

La heredaĵo de Nut estis multe pli ol nur mitoj kaj legendoj; ĝi estis la kerno de la egipta kredo en la cikla naturo de ekzisto kaj la interplektiĝo de la fizika kaj la spirita mondoj. Nut, kun sia senfina amo kaj protekto, restis ĉe la koro de antikva Egiptio, eterna simbolo de la potenco de la ĉielo kaj la eterna serĉado de harmonio inter la ĉielo kaj la tero.

1. adorata - adored
2. animo - soul
3. ĉambro - chamber
4. ĉielino - goddess
5. ekvilibro - balance
6. eterneco - eternity
7. festivalo - festival
8. gardanto - guardian
9. harmonio - harmony
10. heredaĵo - legacy
11. kredo - belief
12. mito - myth
13. postvivo - afterlife
14. protekto - protection
15. sacerdoto - priest

La Rakonto pri la Dio Osiris kaj Lia Rezurekto

La Regado de Osiris

En la tempo, kiam dioj kaj mortemuloj vivis pli proksime unu al la alia, Osiris, la dio de justeco kaj harmonio, regis Egiption kun milda mano. Li estis la fonto de ĉiuj bonaj aferoj; li instruis al la homoj kiel kultivi la teron, sekvi la leĝojn, kaj adori la diojn.

Unu tagon, dum li promenis tra la verdaĵoj de la Nilo kun sia amato kaj reĝino, Isis, Osiris esprimis sian esperon por la estonteco. "Isis, mia koro," li diris, "kune ni alportis pacon kaj prosperon al ĉi tiu lando. Mi esperas, ke nia regado daŭros eterne, disvastigante justecon kaj amon tra la mondo."

Isis, kies okuloj brilis per amo kaj saĝo, respondis, "Mia kara Osiris, via bonkoreco kaj saĝo iluminas Egiption. Kune, ni gardos ĉi tiun pacon kaj prosperon, kiel la steloj gardas la nokton."

Sed ne ĉiuj estis kontentaj kun la regado de Osiris. En la ombroj, Seth, lia frato, brulis de ĵaluzo kaj malamo. "Kial Osiris devas havi ĉion? La trono devus esti mia," murmuris Seth al si mem. "Mi trovos manieron preni ĝin de li."

Dum Osiris kaj Isis daŭrigis sian laboron por la bono de Egiptio, disvastigante scion kaj amon, Seth komencis sian malican planon por detronigi Osiris. Li sciis, ke li ne povus venki Osirison per forto; li devis uzi ruzon kaj trompon.

La tagoj pasis, kaj la regado de Osiris restis forta, sed la ombro de Seth pendis super la lando, minacante detrui la pacon kaj harmonion, kiujn Osiris kaj Isis tiel zorge kultivis. La bonkoreco kaj justeco de Osiris inspiris ĉiujn, kiuj konis lin, sed ili ankaŭ vekis la malbonan envion de tiuj, kiuj deziris lian potencon.

Ĉi tiu ĉapitro metas la scenejon por rakonto plena de intrigoj, magio, kaj la eterna lukto inter bono kaj malbono, lumigante la vojon al unu el la plej fascinaj mitoj de la antikva mondo. La legendo de Osiris, kun lia saĝeco, bonkoreco, kaj la defioj, kiujn li alfrontis, ne nur formis la kredojn kaj kulturon de antikva Egiptio, sed ankaŭ ofertas al ni lecionojn pri amo, perdo, kaj la serĉado de justeco, kiuj restas signifaj ĝis hodiaŭ.

1. adori - to worship
2. amatino - lover, beloved
3. bonkoreco - kindness
4. ĉielino - goddess
5. detronigi - to dethrone
6. envio - envy
7. espero - hope
8. ĵaluzo - jealousy
9. justeco - justice
10. kultivi - to cultivate
11. malamo - hatred
12. prospero - prosperity
13. regado - reign, rule
14. saĝo - wisdom
15. trompo - deception

La Perfido de Seth

En la antikva Egiptio, la ĵaluzo kaj malamo de Seth kontraŭ sia frato Osiris atingis sian kulminon. Seth, kiu longe sopiris la tronon por si mem, fine trovis manieron plenumi sian malican deziron. Li decidis perfidi Osirison per trompo kaj ruzo.

"Sekvu mian planon," Seth diris al siaj proksimaj konsilantoj, "Mi organizos grandan festenon en honoro de Osiris. Ĉiuj dioj estos invititaj. Tio estos la perfekta okazo por nia plano."

La tago de la festeno alvenis, kaj la dioj kolektiĝis por celebri, nekonsciaj pri la malica plano de Seth. La atmosfero estis plena de ĝojo kaj festado, kun Osiris ĉe la centro, ricevanta la adoron kaj respekton de ĉiuj.

Dum la festeno, Seth prezentis majestan sarkofagon, ornamitan per oro kaj juveloj. "Ĉi tiu sarkofago estas donaco," li anoncis, "kaj mi promesas ĝin al tiu, al kiu ĝi perfekte konvenos."

Osiris, neniam suspektante la ruzon de sia frato, alproksimiĝis por espori la sarkofagon. "Kia bela donaco," li diris, plena de admiro. "Mi volas vidi ĉu ĝi vere konvenas al mi."

Kiam Osiris kuŝiĝis en la sarkofagon, la ĉeestantaj dioj rigardis mire. Sed tiam, subita silento falis super la areo kiam Seth rapide fermis la kovrilon kaj sigelis ĝin, kaptante Osirison interne.

Antaŭ ol iu povis reagi, Seth kaj liaj helpantoj levis la sarkofagon kaj portis ĝin al la bordo de la Nilo. Kun unu forta puŝo, ili ĵetis ĝin en la akvon, forportante Osirison for de Egiptio, kaj, laŭ la espero de Seth, for de la trono por ĉiam.

La dioj restis ŝokitaj kaj senparolaj, nekapablaj kompreni la subitan perfidon de Seth. Isis, vidante la teruran agon kontraŭ sia amato, estis ravita de malĝojo kaj kolero.

"Mi ne lasos ĉi tion senpuna," ŝi vokis, kun larmoj en siaj okuloj. "Mi trovos Osirison kaj revenigos lin, kostu kion ĝi kostos."

Tiel komenciĝis la serĉo de Isis por savi sian amaton, vojaĝo kiu defius la limojn de la tero kaj kondukus ŝin tra la plej profundaj misteroj de la mondo.

La perfido de Seth ne nur skuis la fundamentojn de la egipta mitologio, sed ankaŭ starigis la scenon por rakonto de perdo, serĉado, kaj finfine, espero de reakiro. Ĉi tiu ĉapitro malfermas la pordon al unu el la plej korŝirantaj kaj samtempe inspiraj rakontoj de la antikva mondo, montrante la potencon de amo super perfido kaj malico.

1. adoro - adoration
2. celebrado - celebration
3. ĉeestantoj - attendees
4. defio - defiance
5. espero - hope
6. festeno - feast
7. ĵaluzo - jealousy
8. konsilantoj - advisors
9. malamo - hatred

10. malica - malicious
11. perfido - betrayal
12. plano - plan
13. promeno - walk
14. ruzo - cunning
15. sarkofago - sarcophagus

La Serĉado de Isis

Post la malbeninda perfido de Seth, Isis, plena de doloro kaj determino, decidis entrepreni vojaĝon por retrovi sian amatan Osirison. La doloro pro la perdo ne detenis ŝin; anstataŭe, ĝi donis al ŝi forton.

"Mi devas trovi lin," Isis firme diris al si, preparante sin por la longa serĉado. "Mi serĉos en ĉiu angulo de Egiptio kaj pretere, ĝis mi retrovos mian Osirison."

Ŝia vojaĝo estis longa kaj malfacila, plena de defioj kaj misteroj. Isis trairis aridajn dezertojn, fruktodonajn valojn, kaj tumultajn riverojn, ĉiam demandante pri la sorto de Osiris, sed neniam perdante esperon.

Fine, ŝia persistemo estis rekompencita. En la malproksima lando de Byblos, ŝi malkovris la sarkofagon de Osiriso, kiu estis mirakle kreskinta en la koro de grandega arbo. "Dankon, ĉieloj," ŝi flustris, rigardante supren al la steloj, "pro gvidi min ĉi tien."

Kun la helpo de la loka reĝo, kiu estis imponita de ŝia devo kaj persistemo, Isis sukcesis reakiri la sarkofagon. Ŝi malfermis ĝin kun tremantaj manoj kaj trovis la korpon de Osiriso, ankoraŭ perfekte konservitan.

"Mi revenigos vin hejmen, mia kara," ŝi diris, delikate tuŝante la malvarman frunton de Osiriso. Kun granda zorgemo kaj respekto, ŝi transportis la sarkofagon reen al Egiptio.

Reveninte, Isis petis la helpon de Anubis, la dio de la mortintoj kaj mumifikado. "Anubis, mi petas vian saĝon kaj forton," Isis diris. "Helpu min honorinde prepari Osirison por lia lasta vojaĝo."

Anubis, profunde impresita de la amo kaj lojaleco de Isis, konsentis helpi. Kune, ili plenumis la unuan riton de mumifikado, uzante salojn, oleojn, kaj magiajn formulojn por konservi la korpon de Osiriso. Tiu ĉi agado ne nur donis al Osiriso la ŝancon al nova vivo en la postmorta mondo, sed ankaŭ starigis la tradicion, kiu fariĝus centra en la egipta kulturo.

"Per ĉi tiu ago," Isis diris, metante la lastan bendon ĉirkaŭ Osiriso, "mi ne nur konservas vian korpon, sed ankaŭ certigas, ke via spirito vivos eterne."

La serĉado de Isis kaj ŝia fina sukceso en la reakiro kaj honorado de Osiriso estis agoj de nekredebla amo kaj persistemo. Ŝi montris, ke eĉ en la plej mallumaj momentoj, espero kaj amo povas triumfi super malbono kaj morto. La rakonto de Isis kaj Osiriso fariĝis simbolo de la cikla naturo de la vivo kaj morto, kaj la potenco de amo transpasanta la limojn de la mondo.

1. arida - arid
2. defio - challenge
3. determino - determination
4. doloro - pain
5. fruktodona - fruitful
6. honorinde - honorably
7. imponita - impressed
8. konservita - preserved
9. lojaleco - loyalty
10. malkovri - to discover
11. mistero - mystery
12. perfido - betrayal
13. persistemo - perseverance
14. reakiro - recovery
15. sarkofago - sarcophagus

La Rezurrekto de Osiris

Post longa kaj peniga serĉado, Isis fine sukcesis reakiri la korpon de sia amata Osiris. Tamen ŝia tasko ankoraŭ ne estis finita.

Kun la korpo sekure ĉe si, ŝi decidis uzi sian profundan magion por redoni al Osiris la vivon. Ŝi sciis, tamen, ke lia reveno al la mondo de la vivantoj ne estus simpla aŭ senkomplika.

"Per la potenco de la steloj kaj la forto de eterna amo," Isis komencis, metante siajn manojn super la korpo de Osiris. Magia lumo envolvis la ĉambron, kaj la aero vibris de energio. Post longa momento, Osiris ekspiris, revenante al la vivo, sed ne kiel antaŭe.

Osiris malfermis siajn okulojn kaj rigardis en la amantajn okulojn de Isis. "Mia kara Isis," li flustris, "mi revenis al vi, sed mia loko ne plu estas ĉi tie, inter la vivantoj."

Isis, kun larmoj de ĝojo kaj malĝojo miksitaj sur ŝiaj vangoj, komprenis la sorton de Osiris. "Vi estos la reĝo de la submondo, gvidanto kaj juĝisto de la animoj de la mortintoj," ŝi diris. "Vi portos la saĝon de la vivo kaj la morto."

Dum Osiris prepariĝis por sia nova rolo kiel la reĝo de la submondo, Isis kaj Osiris instruis sian filon Horuso pri la venonta defio - la batalo kontraŭ Seth. Horuso kreskis sub la gvido de siaj gepatroj, fariĝante forta kaj saĝa, preta alfronti sian onklon por venĝi sian patron kaj restarigi ordon en la mondo.

"Vi devas esti la lumo en la mallumo, la ordo en la ĥaoso," Osiris diris al Horuso. "La batalo kun Seth ne estos facila, sed ĝi estas necesa por certigi la ekvilibron de la mondo."

La konfrontiĝo inter Horuso kaj Seth iĝis epika batalo, simbolante la eternan lukton inter ordo kaj ĥaoso, bono kaj malbono. Dum Osiris rigardis de la submondo, li fariĝis simbolo de espero, renesanco, kaj la cikla naturo de la vivo kaj morto.

La legendo pri la resurekto de Osiris, lia rolo kiel la reĝo de la submondo, kaj la heroa batalo de Horuso kontraŭ Seth, profundigis la mitologian kaj spiritan heredaĵon de antikva Egiptio. Ĝi instruis la egiptojn pri la potenco de renesanco, la signifo de justeco, kaj la espero, ke tra la cikloj de la vivo kaj morto, ekzistas ĉiam ebleco por novaj komencoj kaj eterna vivo.

1. animo - soul

2. batalo - battle
3. defio - challenge
4. determino - determination
5. doloro - sorrow
6. energio - energy
7. espero - hope
8. ĝojo - joy
9. juĝisto - judge
10. koro - heart
11. lumo - light
12. magio - magic
13. malĝojo - sadness
14. renesanco - rebirth
15. saĝo - wisdom

La Heredaĵo de Osiris

La legendo de Osiris, post lia resurekto kaj estiĝo kiel la reĝo de la submondo, lasis profundan kaj daŭrantan influon sur antikva Egiptio. Lia vivo, morto, kaj renaskiĝo fariĝis centraj temoj en la egipta kredo kaj kultado, inspirante generaciojn da egiptanoj.

"Venu, miaj infanoj," diris sacerdoto en unu el la multaj temploj dediĉitaj al Osiris, "aŭskultu pri la granda dio Osiris, kies amo kaj saĝo transiras la limojn de la vivo kaj morto."

Osiris estis adorata kiel la dio de morto, renaskiĝo, kaj eterna vivo. La egiptanoj trovis komforton kaj esperon en liaj instruoj, praktkante kompleksajn funebrajn ritojn en lia honoro. Ili kredis, ke per ĉi tiuj ritaj agoj, ili ankaŭ povus atingi la benitan staton de postmorta ekzisto simila al tiu de Osiris.

"Per la beno de Osiris, ni povas atingi pacon kaj renaskiĝon en la postvivo," diris la sacerdoto, dum li gvidis la fidelulojn tra la ritoj. "Nia devoteco al li gvidos nin tra la mallumo al la lumo."

La temploj de Osiris fariĝis ne nur lokoj de adorado, sed ankaŭ de pilgrimado, kie homoj el ĉiuj anguloj de Egiptio venis por peti gvidadon, protekton, kaj benon de la dio. La plej granda el ĉi tiuj eventoj estis la ĉiujara ceremonio, kiu celebris la morton kaj renaskiĝon de Osiris. Ĉi tiu festo altiris milojn da fideluloj, unuigante ilin en komuna celebro de la ciklaj ritmoj de naturo kaj la spirita vojaĝo de la animo.

"Ni memoru, ke la justeco kaj moralo, kiujn Osiris instruis al ni, estas la ŝlosiloj al paca postmorta vivo," admonis la sacerdoto. "Vivu ĝuste kaj kun pura koro, kaj vi estos akceptitaj en la brakojn de Osiris en la submondo."

La mito de Osiris inspiris ne nur esperon pri la vivo post la morto, sed ankaŭ emfazis la gravecon de morala konduto kaj justeco en ĉiutaga vivo. Ĝi profundigis la spiritan kaj kulturan pejzaĝon de antikva Egiptio, influante ĝian religion, arton, kaj socion por jarcentoj.

"Ni dankas vin, Osiris, pro via saĝo kaj protekto," finis la sacerdoto, levante siajn manojn al la ĉielo. "Via heredaĵo vivas en ni, gvidante nian vojon tra la vivo kaj preter."

La rakonto de Osiris, kun ĝiaj temoj de morto, renaskiĝo, kaj eterna vivo, restas unu el la plej potencaj kaj inspiraj mitoj de la antikva mondo. Ĝi instruas pri la cikla naturo de ekzisto kaj la eterna serĉado de ekvilibro kaj harmonio inter la fizika kaj spirita mondoj.

1. adorado - worship
2. beno - blessing
3. ceremonio - ceremony
4. devocio - devotion
5. fidelulo - devotee
6. funebra - funereal
7. gvidado - guidance
8. heredaĵo - legacy
9. instruo - teaching
10. kredo - belief
11. moralo - morality
12. paca - peaceful
13. renesanco - rebirth
14. ritaj - ritual

15. sacerdoto - priest

163

La Mitologio de Fenikso kaj Ĝia Simbolismo en Egipta Kulturo

La Legendo de Fenikso

Iam, en malproksima dezerto de Arabio, vivis mirinda birdo nomata Fenikso. Ĝi estis ligita al la suno kaj fajro, kaj ĝia aspekto estis tiel brila kaj majesta, ke neniu mortemulo iam kapablis rigardi ĝin rekte. Fenikso vivis tre izolite en la vasto de la dezerto, for de la homaj rigardoj. Ĝi havis apartan rilaton kun la elemento de fajro kaj estis konata pro sia nekredebla kapablo renaskiĝi el siaj cindroj.

"Ĉu vi iam aŭdis pri la birdo, kiu povas revivi el siaj propraj cindroj?" demandis juna knabo al sia avo, dum ili sidis apud la kampfajro sub la stelplena ĉielo.

"Jes, mia infano, tio estas la Fenikso, simbolo de eterneco kaj regenerado. Ĉiun kvincentan jaron, ĝi membruligas kaj renaskiĝas, pli forta ol iam antaŭe," respondis la avo, rigardante la flamojn kun scivola brilo en siaj okuloj.

La legendo diras, ke la Fenikso estis profunde respektata kaj adorata kiel simbolo de resurekto kaj triumfo super la morto. Ĝia kapablo renaskiĝi el siaj cindroj inspiris multajn kaj estis rigardata kiel la plej alta manifestiĝo de vivo post morto.

"Kiel ĝi povas fari tion, avo?" la knabo demandis, kun miregaj okuloj.

"Kiam la tempo venas, la Fenikso konstruas neston el incenso kaj aromaj branĉoj kaj tiam, per bato de siaj flugiloj, ekbruligas ĝin. En la mezo de la flamoj, ĝi konsumiĝas, kaj el ĝiaj cindroj leviĝas nova Fenikso, preta vivi same longe kiel ĝia antaŭulo," klarigis la avo.

Tiu ciklo de morto kaj renaskiĝo ne nur simbolis la ideojn de eterneco kaj regenerado, sed ankaŭ instruis homojn akcepti la vivociklon, kie fino estas nur la komenco de io nova.

La legendo de la Fenikso pasis tra generacioj, ĉiam inspirante esperon kaj montrante la forton trovitan en renaskiĝo kaj transformo. Kaj tiel, en la koroj de tiuj, kiuj kredis, la Fenikso restis eterna, brilanta simbolo de la nevenkebla spirito de la vivo mem.

1. aromaj - aromatic
2. aspekto - appearance
3. avo - grandfather
4. branĉoj - branches
5. ciklo - cycle
6. cindroj - ashes
7. dezerto - desert
8. elemento - element
9. eterneco - eternity
10. fajro - fire
11. flugiloj - wings
12. incenso - incense
13. kampfajro - campfire
14. legendo - legend
15. renaskiĝo - rebirth

Fenikso kaj la Suno

En antikvaj tempoj, kiam la mondo estis plena je mirakloj, ekzistis speciala ligo inter la majesta Fenikso kaj Ra, la dio de la suno. Ĉiun tagiĝon, la birdo leviĝis el sia nesto, etendis siajn brilantajn flugilojn, kaj kantis belajn himnojn por saluti la aŭroron, honorante Ra-n.

"Ĉu vi scias, kial la Fenikso kantas ĉiun matenon?" patro demandis sian filinon, dum ili rigardis la sunleviĝon.

"Ĉu ĝi salutas la sunon, paĉjo?" la filino demandis scivoleme.

"Jes, mia kara. Ĝi kantas por adori Ra-n, la dion de la suno. La kanto de la Fenikso estas himno de dankemo kaj respekto. Ĝiaj plumoj brilas kiel la suno mem, reflektante la kolorojn de la sunleviĝo," klarigis la patro, montrante al la ĉielo, kie la unuaj radioj de la suno kolorigis la horizonton.

La legendo diras, ke la vojaĝo de la Fenikso estis eterna, simila al la senfina vojaĝo de la suno tra la ĉielo. Ĉi tiu vojaĝo simbolis la ciklon de la tago kaj nokto, kaj la potencon de la suno revivigi kaj nutri la teron.

"Kiel la suno reeleviĝas ĉiun tagon, tiel ankaŭ la Fenikso renaskiĝas el siaj cindroj. Ĉu tio ne estas mirinda?" la patro diris, rigardante sian filinon.

"Jes, tre mirinda! Ĝi montras, ke ĉio povas komenciĝi denove, ĉu ne?" la filino respondis, penseme.

"Ĝuste, mia kara. La renaŝo de la Fenikso simbolas la senĉesan renovigon de la vivo kaj la esperon, ke post ĉiu fino venas nova komenco. Ĝi estas mesaĝo de lumo kaj espero por ĉiuj," konkludis la patro, premante la manon de sia filino.

Tiel, la Fenikso ne nur estis simbolo de eterneco kaj regenerado, sed ankaŭ de la forta ligo inter la tero kaj la ĉiela regno. Per siaj himnoj al la suno, ĝi memorigis la homojn pri la graveco de dankemo, admiro, kaj la rekono de la cikloj de la naturo. Kaj ĉiutage, per sia ekzemplo, la Fenikso inspiris la homaron aliĝi al la danco de la vivo, plena de lumo, renovigo, kaj senfina espero.

1. admiro - admiration
2. aŭroro - dawn
3. ciklo - cycle
4. dankemo - gratitude
5. ekzemplo - example
6. himno - hymn
7. kanto - song
8. lumo - light
9. miraklo - miracle
10. nesto - nest
11. renaŝo - rebirth
12. renaskiĝi - to be reborn
13. respekto - respect
14. senfina - endless
15. vojaĝo - journey

La Ritualeco de Renaskiĝo

En la koro de la dezerto, kie la suno brilas plej forte kaj la silento parolas laŭte, okazis miraklo ĉiujn kvincent jarojn. Ĉi tiu rakonto temas pri la mistika rito, per kiu la Fenikso, la birdo de fajro kaj suno, triumfe defias la morton por reakiri vivon.

Kiam la tempo venis por la Fenikso renovigi sin, ĝi komencis preparojn por sia unika ceremonio. Kun zorgemo kaj dediĉo, ĝi kolektis incenson kaj aromajn branĉojn el la plej malproksimaj anguloj de la dezerto. Ĉi tiuj ne estis ordinaraj materialoj, sed elektitaj pro iliaj purigaj kaj magiaj ecoj.

"Kial la Fenikso kolektas tiujn specifajn branĉojn?" demandis la juna esploristo al la saĝulo, dum ili observis de malproksime.

"Ĝi preparas sian neston por la rito de renaskiĝo. La incenso kaj aromaj branĉoj helpos purigi ĝian animon kaj pretigi ĝin por la nova vivo," respondis la saĝulo, kun okuloj plenaj de scio kaj mistero.

Kiam la nesto estis preta, la Fenikso prenis sian lokon en la centro. Per potenca bato de siaj majestaj flugiloj, ĝi ekbruligis la neston, envolviĝante en la sanktaj flamoj. La fajro brulis brile, transformante ĉion ĉirkaŭe en cindro kaj fumo.

"Sed kiel ĝi povas revivi post esti konsumita de la fajro?" demandis la esploristo, ne povante kredi siajn okulojn.

"Per la magio de la vivo mem. El la cindroj de sia antaŭa ekzisto, nova Fenikso emerĝas, rejunigita kaj plena de forto. Ĉi tiu ago simbolas la eternan ciklon de morto kaj renaskiĝo, purigo kaj novaj komencoj," klarigis la saĝulo.

Tiel, tra la flamoj, la Fenikso instruis al ĉiuj la valoron de transformo kaj la akcepton de la vivociklo. Ĝia reaperado el la cindroj estis ne nur fizika renaskiĝo, sed ankaŭ simbolo de interna fortikeco kaj la kapablo superi ĉiujn defiojn.

La rito de la Fenikso restis grava leciono por la homaro: la beleco de renaskiĝo, la graveco de purigo, kaj la potenco akcepti neeviteblan ŝanĝon. Ĉiu, kiu aŭdis la rakonton de la Fenikso, portis kun si la esperon, ke eĉ en la plej mallumaj momentoj, nova lumo povas brili, kaj nova vivo povas komenciĝi.

1. aromaj - aromatic
2. brancoj - branches
3. ceremonio - ceremony
4. ciklo - cycle
5. cindro - ash
6. dediĉo - dedication
7. dezerto - desert
8. esploristo - explorer
9. fajro - fire
10. flugiloj - wings
11. incenso - incense
12. magio - magic
13. nesto - nest
14. purigo - purification
15. saĝulo - sage

Fenikso en la Egipta Kulturo

En antikva Egiptujo, kulturo riĉa je mitoj kaj simboloj, la Fenikso, konata kiel Benu, okupis specialan lokon en la koroj kaj mensoj de la popolo. Ĝi estis konsiderata kiel la vivanta esenco de la suna dio Ra, portanto de espero kaj eterneco.

La Egiptoj vidis en la Benu pli ol nur mitan birdon; ĝi estis la spirita manifestiĝo de la kreoprocezo mem, naskita el la primorda ĥaoso, portanto de vivo kaj lumo al la mondo. La Benu simbolis la komencon kaj la eternan renovigon, esenca parto de la universala ordo kaj la cikloj de la naturo.

"Avino, kio faras la Benu tiel grava por ni?" demandis junulo, rigardante la freskojn kaj skulptaĵojn en la templo.

"La Benu simbolas nian ligon kun la kreinto Ra kaj la ciklan naturon de la vivo. Ĝi estas mesaĝo de renaskiĝo kaj purigo, montrante al ni, ke el ĉiu fino venas nova komenco," respondis la avino, gestante al la bildo de la Benu sidanta sur la bén-ben ŝtono, brilanta simbolo de la suno.

En la arto, la Benu ofte estis prezentita sidanta sur la bén-ben ŝtono aŭ fluganta en la ĉielo, ĉiam en proksima rilato kun la suno. Tiu bildo helpis al la Egiptoj visualigi la ideon, ke la universo mem estas cikla kaj ke ĉiu fino portas en si la semojn de nova komenco.

"Ĉu ni ankoraŭ kredas je la potenco de la Benu, avino?" demandis la junulo, penseme.

"Jes, mia infano. La temploj dediĉitaj al la Benu ne estas nur konstruaĵoj el ŝtono kaj kalko; ili estas vivaj memorigiloj pri la eterna ciklo de morto kaj renaskiĝo. Ili instruas al ni akcepti la pasintajn lecionojn kaj antaŭeniri kun espero kaj digno," klarigis la avino.

La kredo en la Benu, kaj ĝia rolo kiel la ba de Ra, nutris la spiritan kaj religian vivon de la Egiptoj, donante al ili senton de konekto kun la kosma ordo kaj la dia. La birdo ne nur simbolis fizikan renaskiĝon, sed ankaŭ la spiritan rejuniĝon kaj la eternan serĉon de la animo por lumo kaj vero.

La Fenikso, aŭ Benu, fariĝis ne nur parto de la Egipta mitologio sed ankaŭ vivanta simbolo de la homa strebado al kompreno, harmonio, kaj finfine, al la mistero de eterneco. La rakontoj kaj bildoj de la Benu daŭre inspiras kaj konsolas, rememorigante al ni, ke en ĉiu fino kuŝas la promeso de nova komenco.

1. bén-ben ŝtono - benben stone
2. cikla - cyclic
3. divena - divine
4. esenco - essence
5. freskoj - frescoes
6. harmonio - harmony
7. incenso - incense
8. kreoprocezo - process of creation
9. mita - mythical
10. primorda - primordial
11. purigado - purification

12. renoviĝo - renewal
13. skulptaĵoj - sculptures
14. spirita - spiritual
15. universala ordo - universal order

La Legendo de la Serpento Apofiso kaj Ĝia Batalo Kontraŭ Ra

La Origino de Apofiso

Iam, en la antikva mondo plena de misteroj kaj magio, ekzistis giganta serpento nomata Apofiso. Ĝi estis la korpa enkorpigo de ĥaoso kaj mallumo, vivante en la submondo nomata Duato, kie ĝi kuŝis en atendo por defii la sunan dion, Ra.

En la profundoj de Duato, Apofiso preparis sin por sia eterna batalo kontraŭ la lumo. Ĝia celo estis haltigi la sunan barĝon de Ra, kiu ĉiutage vojaĝis tra la ĉielo, alportante lumon al la mondo.

"Kial Apofiso ĉiam volas batali kontraŭ Ra?" demandis juna lernanto al la temploinstruisto, dum ili rigardis la antikvajn hieroglifojn sur la muroj de la templo.

"Apofiso reprezentas la fortojn de ĥaoso kaj mallumo. Ĝi batalas kontraŭ Ra por malebligi la lumon kaj ordon en la mondo. Ĉi tiu batalo simbolas la eternan lukton inter lumo kaj mallumo, ordo kaj ĥaoso," respondis la instruisto, montrante al la bildoj de Ra en sia suna barĝo.

La grandeco kaj forto de Apofiso faris ĝin preskaŭ nevenkebla. Ĝi estis la plej timinda malamiko de Ra, ĉiam serĉante manierojn haltigi la vojaĝon de la suna barĝo kaj engluti la mondon en eternan nokton.

"Sed kiel Ra povas daŭre vojaĝi, se Apofiso estas tiel forta?" la lernanto demandis, kun scivolemo en siaj okuloj.

"Ra ne estas sola en sia vojaĝo. Li estas akompanata de aliaj dioj, kiuj helpas lin defendi la sunan barĝon kontraŭ la atakoj de Apofiso. Ĉiu nokto, kiam Ra vojaĝas tra la submondo, estas batalo por la sorto de la mondo," klarigis la instruisto.

Tiel naskiĝis la legendo de Apofiso, la serpento de ĥaoso, kaj ĝia senĉesa batalo kontraŭ Ra, la dio de la suno. Ĉi tiu rakonto ne nur temas pri la lukto inter du potencaj estuloj, sed ankaŭ simbolas la konstantan batalon inter lumo kaj mallumo, ordo kaj ĥaoso, kiu daŭras en la koroj kaj mensoj de la homaro.

1. akompanata - accompanied
2. atendo - waiting
3. batalo - battle
4. ĉiutage - daily
5. defii - to defy
6. estuloj - beings
7. hieroglifojn - hieroglyphs
8. lumo - light
9. magio - magic
10. malamo - darkness
11. misteroj - mysteries
12. nevenkebla - invincible
13. ordon - order
14. reprezento - representation
15. submondo - underworld

La Serĉado de Ra

En la antikva mondo, kie dioj kaj homoj interplektiĝis en la tapiso de la universo, Ra, la dio de la suno, havis gravan taskon. Ĉiutage li vojaĝis tra la ĉielo, alportante lumon kaj varmon al la mondo. Sed ne ĉiu parto de lia vojaĝo estis lumigita de la suno. Dum la nokto, Ra eniris la submondon, Duaton, sur sia suna barĝo, vojaĝante tra mallumo kaj danĝero.

Dum tiuj noktaj vojaĝoj, Ra renkontis multajn minacojn, sed la plej granda el ĉiuj estis Apofiso, la giganta serpento de ĥaoso. Por defendi sin kaj certigi, ke la suno povu leviĝi denove, Ra estis akompanata de aliaj dioj, kiuj helpis lin en lia misio.

Unu el la plej fidindaj aliancanoj de Ra estis Seto, la dio de la dezerto, ŝtormoj, kaj malordo. Malgraŭ liaj propraj ligoj kun ĥaoso, Seto ofte aliĝis al Ra por batali kontraŭ Apofiso, uzante sian forton kaj magion por defendi la sunan barĝon kontraŭ la atakoj de la serpento.

"Kial Seto, konata pro sia malordo, helpas Ra kontraŭ Apofiso?" demandis juna lernanto al la temploinstruisto.

"Seto komprenas, ke kvankam li regas la dezerton kaj ŝtormojn, la ordo de la mondo dependas de la ĉiutaga leviĝo de la suno. Sen Ra, la mondo falus en eternan mallumon kaj ĥaoson. Tial li batalas flanke de Ra, defendante la ekvilibron inter ordo kaj ĥaoso," respondis la instruisto.

La nokta vojaĝo de Ra tra la submondo simbolis la batalon inter lumo kaj mallumo, ordo kaj ĥaoso, kiu estas centra al la kosmologia kompreno de la antikva egipta mondo. Ĉiu sukcesa transiro de Ra tra Duato kaj lia reaperado en la mateno estis ĉiutaga venko kontraŭ la fortoj de mallumo kaj malbono, garantiante la daŭrigon de la vivo kaj harmonio en la mondo.

Tiel, la rakonto de Ra kaj lia serĉado tra la nokto estas rakonto de kuraĝo, alianco, kaj la eterna lukto por konservi la lumon en la mondo. Ĝi instruas al ni, ke eĉ en la plej mallumaj momentoj, ekzistas espero kaj ke kun helpo kaj unueco, ni povas venki la plej grandajn defiojn.

1. aliancanoj - allies
2. batalo - battle
3. ĉiutaga - daily
4. daŭrigon - continuation
5. defioj - challenges
6. ekvilibron - balance
7. espero - hope
8. interplektiĝis - intertwined
9. kuraĝo - courage
10. ligoj - connections
11. mallumo - darkness
12. malordo - disorder
13. minacojn - threats
14. ordo - order

15. submondo - underworld

La Eterna Batalo

Nokton post nokto, en la senfina ciklo de tempo, la submondo de Duato fariĝis la scenejo de la plej epopea batalo inter la fortoj de lumo kaj ĥaoso. Apofiso, la giganta serpento de mallumo, ĉiam kun fiera determino pretis ataki la sunan barĝon de Ra, la dio de la suno.

La atakoj de Apofiso estis furiozaj kaj senĉesaj. Kun ĉiu provo haltigi la barĝon, ŝajnis, ke la malamo kaj potenco de la serpento nur kreskis. Tamen, Ra ne estis sola en sia lukto. Ĉirkaŭita de aliaj dioj, li havis defendantojn pretajn uzi sian magion por repuŝi la senĉesajn atakojn de Apofiso.

Inter ĉi tiuj dioj, Seto, la dio de la dezerto kaj malordo, elstaris pro sia kuraĝo. Armita per sia lanco, li rekte alfrontis Apofison, defendante la sunan barĝon kun brava determino. La batalo inter Seto kaj Apofiso estis impeta kaj furioza, kun la sorto de la tuta mondo pendanta en la ekvilibro.

"Kiel la dioj povas ĉiam defendi Ra kontraŭ tiel potenca malamiko?" demandis lernanto, rigardante la antikvajn bildojn de la batalo sur la templomuroj.

"Ili uzas ne nur sian forton kaj magion, sed ankaŭ la potencon de la kredo kaj preĝoj de la homoj sur la Tero. La magiaj incantaĵoj kaj la sinceraj preĝoj de la pastroj helpas fortigi Ra kaj liajn defendantojn," klarigis la instruisto, kun tono de respekto kaj admiro.

Malgraŭ la nevenkeblaj klopodoj de Apofiso, ĉiu nokto finiĝis per lia malvenko. Sed la serpento neniam estis tute detruita; ĝi ĉiam renaskiĝis, preta por rekomenci la batalon la sekvan nokton. Ĉi tiu eterna ciklo simbolis la neĉesigeblan batalon inter ordo kaj ĥaoso, lumo kaj mallumo.

La rakonto pri la eterna batalo inter Ra kaj Apofiso instruas gravajn lecionojn pri persistemo, kuraĝo, kaj la potenco de unueco fronte al ŝajne nevenkeblaj defioj. Ĝi montras, ke malgraŭ la konstantaj minacoj kaj defioj, lumo kaj ordo ĉiam povas triumfi per la forto kaj kuraĝo de tiuj, kiuj staras en defendo.

1. armita - armed
2. batalo - battle
3. ciklo - cycle
4. defendantoj - defenders
5. determino - determination
6. dioj - gods
7. ekvilibro - balance
8. furiozaj - furious
9. incantaĵoj - spells
10. kuraĝo - courage
11. lanco - spear
12. lumo - light
13. malamo - hatred
14. minacoj - threats
15. persistemo - perseverance

La Simbolismo de la Batalo

En la koro de la antikva egipta civilizacio, la eterna batalo inter Ra, la dio de la suno, kaj Apofiso, la serpento de ĥaoso kaj mallumo, havis profundan simbolan signifon. Ĉi tiu konflikto, pli ol simpla rakonto pri batalo inter du potencaj estaĵoj, reprezentis la fundamentan lukton inter ordo kaj ĥaoso, lumo kaj mallumo, kiu resonas tra la tuta homa historio.

"Dum ni rigardas la sunon leviĝi ĉiutage, ni atestas la venkon de Ra super Apofiso," klarigis la instruisto al grupo de lernantoj, kiuj atente aŭskultis. "Ĉiu sunleviĝo simbolas la triumfon de lumo super mallumo, kaj certigas al ni, ke ne gravas kiom malluma la nokto ŝajnas, la lumo ĉiam revenos."

La egiptoj kredis, ke ĉi tiu mito donis al ili certecon kaj esperon. La regula ciklo de tago kaj nokto, lumo kaj mallumo, estis vidata kiel reflekto de la kosma ordo, kie la venkoj de Ra super Apofiso certigis la daŭran ekziston kaj stabilecon de la mondo.

"En niaj temploj kaj artaĵoj, ni ofte vidas bildojn de Apofiso venkita sub la piedoj de Ra aŭ Seto. Ĉi tiuj reprezentoj ne nur rememorigas nin pri iliaj heroaj agoj, sed ankaŭ pri la potenco de ordo kaj lumo super ĥaoso kaj mallumo," daŭrigis la instruisto, gvidante la lernantojn tra la templo.

Por plifortigi ĉi tiun simbolan batalon en siaj ĉiutagaj vivoj, la egiptoj kreis kaj praktikis diversajn rituojn kaj magiajn formulojn. "Per niaj preĝoj kaj magiaj incantaĵoj, ni partoprenas en la defendo de Ra, helpante konservi la ekvilibron kaj protekti nian mondon kontraŭ la fortoj de ĥaoso," eksplikis pastro al la grupo.

Ĉi tiu ĉapitro en la rakonto pri Ra kaj Apofiso instruas al ni pri la graveco de simboloj kaj mitoj en formado de nia kompreno pri la mondo. Ĝi montras, ke preter la fizikaj bataloj kaj konfliktoj, ekzistas pli profundaj signifoj kaj instruoj, kiuj gvidas nin tra la defioj de la vivo, rememorigante nin pri la eterna ciklo de renaŝo, lumo, kaj la potenco de unueco kaj kredo.

1. aro - group
2. batalo - battle
3. ciklo - cycle
4. civilizacio - civilization
5. defendo - defense
6. defioj - challenges
7. estuloj - beings
8. incantaĵoj - spells
9. instruisto - teacher
10. kosma - cosmic
11. lumo - light
12. mallumo - darkness
13. mito - myth
14. ordo - order
15. simboloj - symbols

La Heredaĵo de la Legendo

La antikva legendo de Ra kaj Apofiso, simboloj de lumo kaj mallumo, ordo kaj ĥaoso, ne nur formis la kernon de la egipta mitologio, sed ankaŭ profundigis la spiritan kaj religian komprenon de la egipta popolo. Ĉi tiu rakonto, transdonita de generacio al generacio, enradikiĝis en la koro de la egipta kulturo, influante ĝian kosmologion, religiajn praktikojn, kaj ĉiutagan vivon.

En la temploj dediĉitaj al Ra kaj liaj defendantoj, majestaj inskriboj kaj reliefoj rakontis la epopean batalon inter la dio de la suno kaj la serpento de ĥaoso. "Ĉiu linio, ĉiu bildo ĉi tie rakontas parton de ilia eterna konflikto," diris la templogvidanto al grupo de vizitantoj. "Ili ne nur honoras la diojn, sed ankaŭ instruas nin pri la cikla naturo de la vivo kaj la universo."

Amuletoj kaj talismanoj portantaj la bildojn de Seto aŭ aliaj defendantoj de Ra estis tre ŝatataj de la egiptoj. Ili kredis, ke ĉi tiuj sanktaj objektoj provizas protekton kontraŭ la fortoj de mallumo kaj malbono. "Porti ĉi tiun amuleton estas kiel havi la forton de Seto mem ĉe via flanko," klarigis vendisto al kliento, prezentante kolekton de delikate gravuritaj amuletoj.

Festoj kaj celebraĵoj ofte inkluzivis dramajn rekonstruojn de la batalo inter Ra kaj Apofiso, memorigante la homojn pri la eterna lukto inter lumo kaj mallumo, kaj la graveco de ilia partopreno en la konservado de la kosma ordo. "Vidi la rekonstruon de la batalo ne nur amuzas, sed ankaŭ memorigas nin pri la forto kaj kuraĝo necesaj por alfronti niajn proprajn defiojn," diris spektanto, enprofundigita en la spektaklon.

La legendo de Ra kaj Apofiso ankaŭ servis kiel konstanta memorigilo pri la graveco de ekvilibro kaj harmonio en la universo. La egiptoj komprenis, ke ĉiu elemento de la vivo, de la plej granda ĝis la plej eta, havis sian lokon en la granda skemo de la ekzisto, kaj ke la rolo de la dioj en la konservado de ĉi tiu ordo estis esenca.

Tra la jarcentoj, la heredaĵo de la legendo de Ra kaj Apofiso daŭre inspiras kaj instruas, oferante al ni komprenon pri la potenco de lumo super mallumo, la signifon de lukto por ekvilibro, kaj la eternan valoron de espero kaj renaŝo.

1. amuletoj - amulets
2. batalo - battle
3. celebradoj - celebrations

4. ĉiutaga - daily
5. defendantoj - defenders
6. ekvilibro - balance
7. eterna - eternal
8. generacio - generation
9. harmonio - harmony
10. inskriboj - inscriptions
11. kosmologion - cosmology
12. legendo - legend
13. lumo - light
14. mallumo - darkness
15. reliefoj - reliefs
16. simboloj - symbols

La Legendo de la Skarabo kaj Ĝia Simbolismo en la Egipta Religio

La Origino de la Skarabo

En la tempo de la faraonoj kaj la grandaj piramidoj, la skarabo estis konsiderata potenca simbolo en antikva Egiptio. Ĝi ne nur reprezentis renaŝon kaj regeneradon, sed ankaŭ havis profundan spiritan signifon ligitan al la dio Khepri, la dio de la sunleviĝo.

Khepri, la dio kiu ĉiutage portis la sunon tra la ĉielo, estis ofte bildigita kiel skarabo aŭ kun la kapo de skarabo. La maniero, per kiu la skaraboj rulis siajn globetojn de sterko trans la teron, rememorigis la egiptojn pri la vojaĝo de la suno tra la ĉielo kaj simbolis la eternan ciklon de la vivo kaj la renaŝon de ĉio vivanta.

"Dank' al Khepri kaj la skaraboj, ni ĉiutage vidas la sunon leviĝi kaj malleviĝi," diris la instruisto al la grupo de junaj lernantoj, kiuj aŭskultis kun mirplena atento. "La skarabo instruas al ni, ke eĉ el la plej malpuraĵo povas naskiĝi vivo kaj puriĝo."

La agado de la skarabo, rulanta sian globon, estis rigardata kiel simbolo de la laboro kaj zorgo, kiujn ĉiu vivanto devas enmeti en sian propran renaŝon kaj spiritan puriĝon. Ĉi tiu ĉiutaga laboro de la skarabo estis metaforo por la homa strebado al plibonigo kaj la serĉado de interna lumo.

"Kial la skarabo estas tiel grava por ni?" demandis scivolema infano, rigardante la amuletojn de skaraboj ekspoziciitajn en la muzeo.

"Ĉar ĝi simbolas la kapablon de ĉiu el ni transformi niajn proprajn vivojn kaj renaŝi pli fortaj kaj pli saĝaj. La skarabo memorigas nin, ke post ĉiu fino venas nova komenco, kaj ke ni ĉiam havas la ŝancon krei novan estontecon por ni mem," respondis la gvidanto, montrante al la infano kiel la suno brilas tra la vitro de la muzeo, ilustrante la eternan ciklon de lumo kaj vivo, simbolitan de la skarabo.

Tiel, la skarabo, malgranda kaj ofte preteratentata estaĵo, fariĝis unu el la plej potencaj kaj respektataj simboloj en antikva Egiptio, instruante la homojn pri la valoro de transformo, renaŝo, kaj la eterna ciklo de la vivo.

1. amuletoj - amulets
2. antikva - ancient
3. dio - god
4. egipta - Egyptian
5. estontecon - future
6. faraonoj - pharaohs
7. gvidanto - guide
8. instruisto - teacher
9. khepri - Khepri
10. lumo - light
11. piramidoj - pyramids
12. regenerado - regeneration
13. renaŝo - rebirth
14. skarabo - scarab
15. sterko - dung

La Skarabo en la Ĉiutaga Vivo

La skarabo, preter siaj mitologiaj signifoj, ludis centran rolon en la ĉiutaga vivo de la antikvaj egiptoj. Ne nur kiel simbolo de renaŝo kaj eterneco, sed ankaŭ kiel praktika objekto portanta protekton, bonŝancon, kaj fortikecon al tiuj, kiuj ĝin portis.

En la bazaro, kie homoj venis por aĉeti siajn necesaĵojn, la vendistoj de amuletoj ĉiam havis specialan lokon por skarabamuletoj. "Ĉi tiuj amuletoj portos al vi protekton kaj bonŝancon," diris vendisto al kliento, montrante kolekton de brile poluritaj skaraboformaj amuletoj. "Ili estas gravuritaj per sanktaj tekstoj por alvoki la protekton de la dioj."

La egiptoj kredis, ke la portado de skaraboamuletoj ne nur protektus ilin en ilia ĉiutaga vivo, sed ankaŭ donus al ili la forton kaj kuraĝon alfronti la defiojn, kiujn ili renkontis. "Mi ĉiam portas mian skarabon kun mi. Ĝi donas al mi la kuraĝon, kiun mi bezonas," konfesis juna laboristo al sia amiko, trovante forton en la simpla, sed potenca simbolo.

La rolo de la skarabo etendiĝis eĉ en la plej intimajn momentojn de la egipta vivo, inkluzive de la morto. Dum funebraj ritaroj, skaraboamuletoj estis metitaj sur la koron de la mortintoj, simbolante ilian esperon je renaŝo kaj eterna vivo en la postmorta mondo. "Metante ĉi tiun skarabon ĉi tie, ni petas, ke nia kara renaskiĝu en la postvivo," diris la pastro dum la funebra ceremonio, zorge metante la amuleton sur la koron de la forpasinto.

La gravuroj sur la skarabamuletoj, ofte enhavantaj tekstojn el la Libro de la Mortintoj aŭ aliaj sanktaj skriboj, estis intencitaj alvoki la protekton de la dioj kaj certigi, ke la portanto estu gardata kontraŭ malbono kaj danĝero. "Vidu, ĉi tiu amuleto havas preĝon por protekto sur ĝi," klarigis la familiestro al siaj infanoj, instruante ilin pri la signifo kaj graveco de iliaj tradicioj.

Per la uzo de skaraboamuletoj en ilia ĉiutaga vivo kaj en iliaj ritaroj, la egiptoj ne nur serĉis protekton kaj bonŝancon, sed ankaŭ esprimis sian profundan konekton kun la cikloj de la naturo, la dioj, kaj la eterna serĉado de renaŝo kaj transformo. La skarabo, tiel malgranda kaj ofte preteratentata estaĵo, simbolis unu el la plej profundaj kaj daŭraj kredoj de la egipta spiriteco.

1. amuletoj - amulets
2. antikva - ancient
3. bazaro - market
4. bonŝancon - good luck
5. ĉiutaga - daily
6. defiojn - challenges
7. dioj - gods
8. egiptoj - Egyptians
9. eterneco - eternity
10. familiestro - family head
11. funebraj rituoj - funeral rites
12. gravuroj - engravings
13. kuraĝon - courage
14. mitologiaj - mythological

La Skarabo kaj la Kreado

En la vasta tapiserio de antikva egipta mitologio, la skarabo ludis ĉefan rolon ne nur kiel simbolo de renaŝo kaj regenerado, sed ankaŭ kiel centra figuro en la rakontoj pri la kreado de la mondo. La egiptoj vidis la skarabon kiel vivan pruvon de la ciklo de transformo kaj renoviĝo, kio profundigis ilian komprenon de la universo kaj ilian lokon en ĝi.

"La skarabo, kun sia laboro rulante globon trans la tero, instruas al ni pri la originoj de la vivo mem," klarigis la saĝulo al grupo de junuloj, kiuj kunvenis ĉirkaŭ li sub la ombro de granda palmo. "Laŭ niaj kredoj, la mondo naskiĝis el ĥaoso, kaj estas tra la orda laboro de estaĵoj kiel Khepri, ke ĝi daŭre ekzistas."

Khepri, la dio kun la kapo de skarabo, estis ne nur adorata kiel la portanto de la suno tra la ĉielo, sed ankaŭ kiel simbolo de la dia kapablo transformi kaj renovigi. La skarabo, per sia senĉesa tasko rulante siajn globetojn, estis rigardata kiel la perfekta tera manifestiĝo de Khepri kaj lia kreema forto.

"Kiel Khepri povas transformi ĥaoson en ordon?" demandis junulino, fascinita de la profundo de la mitologio.

"Per sia neĉesebla laboro kaj persistemo. La skarabo kreas novan vivon el tio, kio ŝajnas senvalora, same kiel Khepri ordigas la universon kaj certigas, ke ĉio funkcias harmonie," respondis la saĝulo, montrante al la simpla ago de la skarabo kiel metaforo por la kosma ordo.

La bildo de la skarabo rulanta sian globon fariĝis potenca simbolo de la aktiveco de la dioj en la mondo kaj ilia kapablo alporti lumon, vivon, kaj ordon el la plej profunda ĥaoso. "Ĉiufoje, kiam ni vidas skarabon ĉe sia laboro, ni memoru, ke ni ankaŭ estas parto de pli granda ciklo, kaj ke niaj propraj agadoj kontribuas al la eterna ordo de la universo," finis la saĝulo, instigante siajn aŭskultantojn mediti pri la roloj, kiujn ili ludas en la vasta kosmo.

Tiel, la skarabo, malgranda sed mirinda estaĵo, servis kiel konstanta memorigilo pri la misteroj de la kreado kaj la potenco de transformo, inspirante la egiptojn rigardi preter la videbla mondo kaj serĉi pli profundan komprenon de la fortoj, kiuj formis kaj daŭre formadas ilian realecon.

1. aktiveco - activity
2. ĉefan - principal
3. dio - god
4. harmonie - harmoniously
5. ĥaoso - chaos
6. kosma - cosmic
7. kreema - creative
8. lumo - light
9. mitologio - mythology
10. palmo - palm (tree)
11. persistemo - persistence
12. regenerado - regeneration
13. renaŝo - rebirth
14. renouveliĝo - renewal
15. saĝulo - sage
16. simbolo - symbol
17. suno - sun
18. tera - earthly
19. transformo - transformation
20. universo - universe

La Simbolismo de la Skarabo

La skarabo, modesta estaĵo en aspekto, tenis grandegan simbolan pezon en antikva egipta kulturo. Ĝi ne nur reprezentis la ciklon de vivo kaj morto, sed ankaŭ la internajn kvalitojn de persistemo kaj rezisto, kiujn la egiptoj tre aprezis.

"La skarabo instruas al ni gravan lecionon pri la forto de la spirito," komentis la instruisto, dum li rigardis la kolekton de skarabamuletoj en la lerneja muzeo. "Malgraŭ esti malgranda kaj ŝajne neimpona, ĝi povas atingi mirindajn aferojn per sia persistemo kaj kapablo adaptiĝi."

La simbolo de la skarabo ankaŭ portis la signifon de nemorteco kaj la eterna naturo de la animo. "Ĉu vi scias, ke la skarabo simbolas nian kredon en la renaŝo kaj la eternan vivon post la morto?" demandis la instruisto al la lernantoj, kiuj aŭskultis kun kreskanta intereso.

"Jes, ni lernis, ke en funebraj ritoj, skaraboamuletoj ofte estis metitaj super la koro de la forpasinto, simbolante la esperon pri renaŝo en la postvivo," respondis unu el la lernantoj, rememorante pri la profunda kaj multfaceta signifo de la skarabo en ilia kulturo.

En la mondo de arto kaj juvelarto, la bildo de la skarabo ofte estis kunigita kun la suno kaj la koncepto de vivo, subtenantaj la ideon, ke ĝi estis potenca simbolo de lumo, kreemo, kaj la cikla naturo de ekzisto. "Rigardu ĉi tiun kolĉenon, la skarabo estas ĉirkaŭita de sunradioj, reprezentante ĝian rolon kiel ligo inter la tera kaj la ĉiela," rimarkigis la instruisto, montrante al la lernantoj unu el la ekspoziciaĵoj.

Eĉ la plej altaj figuroj de la egipta socio, inkluzive de reĝoj kaj faraonoj, adoptis la simbolon de la skarabo por emfazi sian propran potencon de regenerado kaj sian dian rajton regi. "La skarabo simbolis la faraonan potencon ne nur regi la teron, sed ankaŭ transiri kaj renaskiĝi tra la cikloj de vivo kaj morto," klarigis la instruisto, substrekante, ke la skarabo estis fundamente ligita al la plej altaj principoj de ilia kredo kaj socio.

Dum la diskuto, la lernantoj komprenis, ke la skarabo, preter sia fizika ĉeesto, portis en si la esencon de la egipta spiriteco: la kredon en la potenco de transformo, la signifon de interna forto, kaj la eternan promeson de renaŝo kaj lumo.

1. animo - soul
2. arto - art
3. ciklo - cycle
4. divina - divine
5. funebraj ritoj - funerary rites

6. juvelarto - jewelry
7. kreemo - creativity
8. modesta - modest
9. nemorteco - immortality
10. persistemo - persistence
11. postvivo - afterlife
12. regenerado - regeneration
13. rezisto - resistance
14. simbolo - symbol
15. spiriteco - spirituality

La Heredaĵo de la Skarabo

Tra la jarcentoj, la kulto de la skarabo restis viva forto en la koro de egipta kulturo, transirante la limojn de tempo kaj spaco por fariĝi eterna simbolo de transformo kaj renaskiĝo. La mistero kaj magio, kiujn ĝi simbolas, daŭre allogas homojn ĉie en la mondo, atestante ĝian nedeclineblan influon.

Dum ekskurso al la muzeo de antikva arto, grupo de lernantoj estis fascinita de la ekspozicio dediĉita al la skarabo. "Rigardu, ĉi tiuj amuletoj estis trovitaj en la tomboj de la faraonoj," diris la gvidanto, montrante al la vitrina ekspozicio plena de antikvaj skaraboj el oro, lapislazulo, kaj aliaj valoraj materialoj.

"Kial ili metis tiom da skaraboj en siajn tombojn?" demandis scivolema lernanto, ĉirkaŭrigardante la brilantajn juvelojn.

"Ili kredis, ke la skaraboj helpas en la vojaĝo de la animo al la postvivo, donante protekton kaj gvidon tra la transira procezo," respondis la gvidanto. "Ĉiu amuleto ne nur servis kiel protekto, sed ankaŭ kiel simbolo de eterna vivo kaj renaskiĝo."

La influo de la skarabo etendiĝis preter la antikvaj tomboj kaj ritoj, penetrinte la modernan mondon per arto, literaturo, kaj eĉ modo. Moda dizajnisto, inspirita de la antikva simbolo, kreis tutan kolekton bazitan sur la formo kaj signifo de la skarabo. "Mi volas, ke miaj dezajnoj reflektu la forton, transformon, kaj belecon, kiujn la skarabo simbolas," ŝi diris dum intervjuo, montrante la kompleksajn detalojn de siaj kreitaĵoj.

La mitoj kaj legendoj ĉirkaŭantaj la skarabon daŭre inspiras novajn generaciojn, rememorigante nin pri la antikva saĝo, kiu instruas pri la ciklo de la vivo kaj la eterna naturo de la animo. "La skarabo instruas al ni, ke ĉio en la vivo estas cikla kaj ke ni ĉiam havas la ŝancon transformiĝi kaj kreski," diris filozofia instruisto dum prelego pri la simbolismo de la skarabo en antikva kaj moderna kulturo.

Hodiaŭ, la skarabo restas unu el la plej fascinaj kaj potencaj emblemoj de antikva Egiptio, kaptante la imagopovon de homoj ĉirkaŭ la mondo. Ĝia bildo, plena de mistero kaj magio, daŭre brilas kiel lumo tra la mallumo de la historio, gvidante nin en nia propra serĉado de signifo, transformo, kaj eterna renaskiĝo.

1. amuleto - amulet
2. cikla - cyclical
3. ekskurso - excursion
4. gvidon - guidance
5. imagopovon - imagination
6. kulto - cult
7. literaturo - literature
8. magio - magic
9. mistero - mystery
10. protekto - protection
11. renaskiĝo - rebirth
12. saĝo - wisdom
13. tomboj - tombs
14. transformo - transformation
15. transira - transitional